KB216146

대한민국 공군의 아버지

조국의 별 최용덕

위대한 대한민국 시리즈 1
대한민국 공군의 아버지
조국의 별 최용덕

지은이 이윤식 ｜ 그림 유성호

초판 1쇄 2009년 8월 20일 ｜ 펴낸곳 비씨스쿨 ｜ 펴낸이 손상열 ｜ 디자인 송인숙

등록번호 제 303-2004-36호 ｜ 등록일자 1992년 2월 18일

주소 서울시 구로구 구로5동 107-8 미주오피스텔 2동 808호 ｜ 전화 02)323-7243

팩스 02)323-7244 ｜ e-mail foxshe@hanmail.net ｜ ISBN 978-89-91714-23-6 43810

ⓒ 2009 이윤식

대한민국 공군의 아버지
조국의 별 최용덕

비씨스쿨

머리말

 최용덕은 1913년 15살의 어린 나이에 중국으로 망명한 이후 1969년 이 세상을 떠날 때까지 중국군 장교로, 비행사로, 무장 독립 운동가로, 대한민국 공군의 지도자로 활약했다.

 많은 사람들은 우리 나라 공군의 역사를 1945년 해방 이후로 알고 있지만 그 뿌리는 훨씬 오래 전으로 거슬러 올라간다. 1910년대에는 노백린(盧伯麟) 장군이 '독립군 공군'을 만들자고 주장했고, 1920년대에는 도산 안창호가 비행대 창설을 위해 노력했다. 미국에서는 한국인들이 만든 '대한인 비행가 양성소'라는 '독립군 비행학교'가 생겨났다. 이 비행 학교는 홍수와 재정 문제 때문에 오래가지 못하고 문을 닫았지만 한장호 등 많은 한인 비행사를 배출하는 계기를 마련했다.

 도산 안창호는 젊은이들을 중국 비행 학교에 입교시켜 비행사를 양성하면서 이를 통해 삼일운동 같은 대궐기를 다시 시도했다. 1930년대에는 김구 선생이 임시정부에 독립군 비행대 창설을 추진했다. 이렇게 1920년대와 1930년대에 배출된 한인 비행사들은 중국 항공대에 근무하다가 중일전쟁이 일어나자 일본 침략자들과 맞서 하늘에서 싸웠다. 최용덕, 권기옥, 이영무, 장성철, 전상국, 김은제, 김원영 등 많은 한인 비행사들이 바로 그들이다.

 최용덕은 중국 항공대에서 활약하면서 중일전쟁을 승리로 이끈 중국 공군의 지도자(기지 사령관, 부참모장)이기도 했다. 1940년대 그는 김구 선생과 함께 임시정부 비행대 창설에 많은 노력을 기울였다. 그리고 해방 이후 다른 비행사들과 함께 우리 나라 공군의 주역이 됐다. 이들 비행사의 활약은 우리 항공 독립 운동의 역사이자 대한민국 공군의 뿌리다.

그는 평생을 군인으로, 비행사로 살았다. 부귀영화는 눈앞에 없었다. 나라를 잃었던 마음의 상처는 그의 삶에 십자가처럼 새겨져 있었다. 최용덕은 나라가 망하게 되는 이유를 이렇게 말했다.

> "당쟁 혹은 문치(文治)주의 혹은 무력 경시 등 여러 가지를 들 수 있겠지만, 본관이 생각하는 것은 우리 나라의 지리적 환경이 우리 자신을 보존하기 위해 강대국의 세력을 이용하지 않으면 안 될 경우가 많았다는 점입니다. 그때 잘못 생각하면, 즉 자기가 자립하고 독립하려는 중심이 흔들려서 강대국에 의뢰하려는 의존심을 가진다는 것이니, 다시 말하면 자기 나라 일을 자기로서 생각하고, 자기 자력으로서 해야 하겠다는 실천력이 없었던 까닭입니다."

최용덕은 그 실천력을 평생 무인의 길에 쏟아 부었으며, 그런 자신의 삶을 후회하지 않았다. 해방 전부터 항공으로 독립 운동을 하던 그는 해방 후 대한민국 공군을 창설하고 현대화시킨 주인공이다. 수많은 비행사와 항공인들이 그의 정신을 이어받아 오늘의 대한민국 공군으로 발전시켰다. 많은 사람들이 일제 강점기 때 안창남 비행사뿐만 아니라 최용덕, 권기옥 등 수많은 한인 비행사들이 국내외에서 활약했다는 사실을 모르고 있는 것 같다. 이 책을 통해서 항공을 통한 독립 운동의 모습들이 많이 알려지길 바란다. 또한 이 책을 통해 선배 항공인들의 항공 정신과 자유정신이 이 땅에 영원히 살아 숨쉬기를 기원한다.

2009년 8월 휘경동에서 저자

차례

별이 된 비행사, 최용덕

    머리가 하얗게 센 노인이 하늘을 올려다보고 있었다. 그는 무사도로 다져진 큰 체격이었지만, 눈은 따뜻하면서도 강렬한 빛을 뿜어내고 있었다. 평생을 오직 나라만을 생각하고 살았던 사람, 인생의 황금기를 모두 망명지 중국에서 보냈던 사람, 열다섯 살 어린 나이에 조국을 떠났다가 오십을 바라보는 나이에야 꿈에 그리던 조국으로 돌아온 사람, 바로 최용덕 비행사다. 우리는 그를 '항공 독립 운동과 대한민국 공군의 아버지'라고 부른다.

    그는 중국 망명지에서 비행사로, 무장 독립투사로, 중화민국 국민정부 항공대 기지 사령관으로, 중화민국 공군 부참모장으로 활약하며 일본 침략자들과 맞서 싸운 군인이다. 그는 1969년 8월 15일 노년에 앓아오던 고혈압으로 세상을 떠나기 전 유언을 남겼다.

    "내가 죽으면 공군 제복을 입혀서 땅에 묻어 달라."

그가 이 세상을 떠난 날은 공교롭게도 우리 나라가 해방되던 날과 같은 8월 15일이었다. 젊은 날, 일본군과 맞서 싸우고 해방이 된 뒤 조국에 돌아와 대한민국 공군을 창설한 영웅이 역사의 뒤안길로 물러난 날이다. 최용덕! 그에게 조국 사랑은 삶이자 목표였다. 하늘을 사랑했던 그는 세상에서 가장 행복한 사람이기도 했다.

나라가 일본군의 군홧발에 짓밟히고 백성들은 잔인한 침략자들의 총칼에 쓰러지던 처참한 시절, 그는 일찍이 중국으로 망명하여 비행사가 되었다. 그에겐 꿈이 있었다.

'내 나라 군복을 입고 상관에게 경례를 붙이고 싶다. 우리 기술로 만든 비행기를 타고 조국의 하늘을 마음껏 날고 싶다. 세계 평화를 위해 세계의 하늘 위를 날고 싶다.'

2009년 올해는 마침 대한민국 공군이 창군 60돌을 맞이하는 뜻 깊은 해이기도 하다. 지금 시점에서 돌아보면 최용덕 장군이 소원했던 꿈은 거의 다 이루어졌다. 그가 대한민국 공군에 뿌린 씨앗이 자라서 무성한 숲을 이룬 것이다. 1949년 대한민국 공군이 태어난 뒤, 무럭무럭 자라서 '대한민국을 지키는 가장 높은 힘'이 된 것이다. 우리 기술로 만든 첨단 전투기가 하늘을 날고, 분쟁 지역에 우리 공군이 파견되어 세계 평화를 위해 활동하고 있다. '대한민국 공군'이라고 새겨진 비행기들이 세계 곳곳을 누비고 있는 것이다. 이 모든 것은 최용덕 장군을 비롯한 선조 비행사들의 희생과 조국 사랑이 있었기에 가능했던 것이다.

지금 최용덕 장군은 중국인 부인 호요동(후에 '용국'으로 이름을 바꿈) 여사와 함께 국립서울현충원 제1장군 묘역에 묻혀 있다. 그는 현충원에서 가장 높은 언덕에 묻혀 있다. '조국의 별'이 되어 우리를 내려다보고 있는 최용덕 장군은 대한민국 공군의 정신적 뿌리이자 우리 국민들의 자랑이기도 하다.

항공 독립 운동의 정신을 이어받은 대한민국 공군은 지금 국민과 조국을 위해 맹활약을 하고 있는 것이다. 그 맹활약의 원동력은 다름 아닌 우리가 잃었던 자유, 피를 흘려 되찾은 자유, 그 자유를 지키는 '자유의 힘'인 것이다.

이제 보이지 않는 곳에서 묵묵히 조국을 위해 헌신하다 조국에 묻힌 최용덕 장군의 생전 모습을 만나 보자.

하늘을 사랑한 소년

　사랑방에 모인 친척들과 아버지는 밤마다 이야기를 나누었다. 어른들은 하나같이 깊은 시름에 잠겼고 표정은 어두웠다. 어린 용덕은 툇마루에 앉아서 어른들의 이야기를 엿들었다. 왜놈들이 이젠 완전히 나라를 삼켜 버렸다는 내용이었다. 용덕의 아버지는 이야기를 하다가 긴 한숨을 내쉬었다. 어떤 이는 울기도 하고 주먹으로 책상을 내리치며 울분을 터뜨리기도 했다. 용덕은 툇마루에서 내려와 마당 한가운데로 가 주먹을 불끈 쥐었다. 두눈에서는 눈물이 흘러내렸다. 그는 눈물을 흘리지 않으려고 고개를 들었다. 순간 글썽이는 두눈에 밤하늘의 별들이 가득 담겼다. 별빛을 머금은 눈물 방울이 뺨을 타고 주르륵 흘러내렸다. 용덕은 자신도 모르게 마당에 힘없이 주저앉았다. 그는 무릎을 꿇고 밤하늘의 별들을 쳐다보았다. 유성 몇 개가 밤하늘을 가르며 나타났다가 사라졌다. 어깨에 커다란 날개가 달려 있다면 저

아름다운 하늘을 마음껏 날아다니고 싶었다.

"애야, 감기 걸리면 어쩌려고. 밤이 늦었으니 어서 들어와라."

언제 나왔는지 어머니가 마루에서 아들을 걱정스런 얼굴로 바라보았다.

"네, 어머니."

용덕은 소매로 눈물을 닦으며 일어났다. 어머니는 걱정스러운 얼굴로 용덕을 바라보았다.

"용덕아, 이리 오너라. 그렇게 울기만 하면 안 되지. 네 마음 다 안다."

어머니는 그를 앞세우고 안방으로 들어갔다. 집 안은 사랑방에서 두런거리는 소리가 간간이 정적을 깨고 있었다.

용덕은 고종이 국호를 대한제국으로 선포한 이듬해인 1898년 서울에서 태어났다. 대한제국은 태어나자마자 나라의 이권을 강대국들에게 빼앗겼다. 용덕이 열 살 되던 해인 1907년 대한제국의 군대는 일본에 의해 강제로 해산되고 나라는 빠르게 기울었다. 일제의 침략에 맞서 지방 곳곳에서 애국지사들이 의병을 일으켰다. 몇몇 집안 어른들도 울분을 토하면서 의병에 참가했다. 일본군에 맞서 싸우던 의병들은 수없이 죽고, 더러는 팔다리가 잘려 나간 채 돌아왔다. 의병에 참가한 용덕의 친척들도 살았는지 죽었는지 소식이 끊겼다. 일본군들의 잔인한 진압 작전으로 의병 활동이 주춤해지면서 용덕의 집과 친척집에 일본 순사들이 들이닥쳤다. 그리고 그들은 의병에 참가한 친척들의 소식을 묻고 가족들을 끌고 갔다. 그 뒤로 일본 순사들은 가끔씩 용덕과 친척집에 나타나 신발을 신은 채 집안을 헤집고 다녔다.

"나쁜 놈들!"

어린 용덕은 일본 순사들의 모습을 보면서 분을 삼켰다. 오백 년 역사의 찬란한 문화를 꽃피운 나라. 남의 나라를 침략하지 않고 평화롭게 살아온 나라가 왜 이렇게 힘없이 당해야 하는가?

그는 자리에 누워 어머니의 이야기를 되뇌었다.

'그래, 내가 어른이 되면 꼭 이 나라를 구할 거야.'

갑자기 마음속에 조금 전 보았던, 수많은 별들이 가득했던 하늘이 떠올랐다. 그리고 하늘을 날아다니면서 일본 놈들을 몰아내는 모습을 떠올렸다.

'아니, 왜놈들이 아무리 강하다 해도 절대로 맑고 푸른 조국의 하늘은 어쩌지 못할 거야.'

용덕의 마음은 창가에 비치는 달빛을 타고 하늘 높이 올라가고 있었다.

1910년 대한제국이 일본 놈들의 손아귀에 완전히 들어간 뒤, 사람들은 사는 것이 더욱 힘들어졌다. 섬나라에서 건너온 일본인들은 조선 사람들의 땅과 재산을 빼앗기 시작했다. 이에 많은 사람들은 고향을 등지고 만주, 북간도 그리고 더러는 미국 등으로 떠났다. 일본은 무장한 군인과 경찰을 앞세워 총칼로 대한제국을 통치하기 시작했다. 동학혁명 이후에 끝없이 이어졌던 의병 활동도 점차 쇠퇴하면서 의병 활동을 하던 사람들은 하나 둘,

중국으로 떠나기 시작했다.

1911년 열세 살이 된 용덕은 아버지의 뜻에 따라 민족학교인 봉명중학교에 다니게 되었다. 용덕은 중학교를 다니면서 세상이 생각했던 것보다 훨씬 넓고 기술이 발달한 나라들이 많다는 사실을 알았다. 쇳덩어리로 만든 엄청나게 큰 배가 바다 위를 떠다니고 기차가 사람들을 날랐다. 무시무시한 대포와 총으로 무장한 외국 군대의 이야기는 이제 놀라운 것도 아니었다. 바로 그런 무기로 무장한 일본군들에게 대한제국이 무너진 것을 알게 된 것이다. 용덕은 서양의 문명과 지식과 기술의 발달에 충격을 받았다.

그러던 어느 날 친구가 놀라운 소식을 전했다.

"며칠 있다가 하늘을 나는 비행기가 경성에 온대. 모든 사람에게 구경을 시켜 준대."

용덕과 학우들은 소식을 가지고 온 친구를 에워쌌다.

"날개가 두 갠데, 이렇게 기다란 날개를 위아래로 단 비행기에 사람이 타고 나는 거래."

소식을 가지고 온 친구는 손바닥을 펴고 비행기 나는 시늉을 했다. 미국에서 비행기가 발명되었다는 것을 선생님으로부터 들어서 알고 있었지만 그 비행기를 일본도 만들었다는 것에 용덕은 충격을 받았다. 갑자기 은하수로 수놓인 밤하늘이 눈앞에 펼쳐졌다. 그리고 묘한 기분이 들었다. 호기심이 뭉게구름처럼 일어나기도 했다. 공포와 호기심이 어린 용덕의 마음을 혼란스럽

게 했다. 그리고 생각은 어느덧 비행기라는 기계로 쏠리기 시작
했다. 비행기를 직접 볼 수 있다는 생각에 가슴이 뛰었다.

"왜놈들이 하늘에서도 우리 백성들을 감시하려고 그러는
구나."

친구들은 일본 놈들을 욕하면서도 비행기에 대한 호기심을
억누르지 못했다.

"우리 모두 구경 가자."

"어디서 하는데?"

"응, 용산 왜놈 부대 연병장에서."

마침내 일본군이 비행 시범을 보인다는 날이 다가왔다. 용덕
은 아침 일찍 일어나 용산에서 일본군이 비행 시범을 보인다고
아버지에게 말했다. 아버지는 무표정한 얼굴로 입을 굳게 다물
고 있었다.

"교활한 놈들."

아버지는 비행기 때문에 들떠 있는 아들의 모습을 외면하고
혼잣소리로 중얼거렸다. 용덕은 아버지의 표정과 그 한마디가
무얼 뜻하는지 어렴풋이 느낄 수 있었다. 그러나 비행기 보러 간
다는 생각에 흥분되는 것을 어쩌지 못했다. 아버지는 끝내 아무
말도 하지 않고 문을 닫았다. 대답을 듣지 못한 용덕은 주저하다
가 대문 밖으로 뛰어나갔다.

용덕은 친구들과 만나기로 한 장소로 달려갔다. 친구들은 벌
써 모두 나와 있었다. 길가에는 비행기를 구경하러 나선 사람들

이 아이들처럼 호기심 어린 마음으로 용산으로 향했다.

용산 일본군 연병장 주변에는 이미 많은 사람들이 모여 있었다. 용덕과 친구들은 사람들 사이를 비집고 들어가 저마다 자리를 잡았다. 눈앞에 커다란 날개를 펼친 괴물 하나가 들어왔다. 그 괴물은 기다란 날개를 위아래로 달고 있었다. 둔탁한 바퀴가 달린 비행기 몸통은 보잘것없었지만 꼬리에도 작은 날개가 달려 있었다. 날개 중앙 바로 뒤쪽으로 사람이 탈 수 있는 공간이 보였다.

일본군들이 비행기 주위에 있었지만 비행기를 조종할 비행사는 보이지 않았다. 잠시 뒤, 사람들이 웅성거리기 시작했다. 비행모를 쓴 일본인 비행사가 나타났기 때문이다. 갑자기 사람들의 목소리가 잠잠해지면서 모든 사람의 눈은 비행사와 비행기에 모아졌다. 비행사는 비행기를 천천히 한바퀴 둘러보고는 조종석에 올라가 앉았다. 비행사는 조종석에 앉아서 비행기 좌우를 다시 한 번 살펴보고는 엄지손가락을 들어 보였다. 그러자 비행기 앞에 서 있던 일본군 병사가 비행기 프로펠러를 손으로 잡았다. 병사가 프로펠러를 힘껏 돌리고는 비켜섰다. 그러자 폭음과 같은 엔진 소리가 연병장에 울려 퍼졌다.

용덕은 침을 꿀꺽 삼키면서 지켜보았다. 엔진 소리가 커지자 비행기가 꿈틀거리면서 바퀴가 천천히 움직였다.

"우와!"

비행기가 움직이자 사람들은 모두 탄성을 질렀다. 비행기는

커다란 날개를 흔들면서 천천히 앞으로 나아가 활주로에 멈췄다. 그리고는 커다란 소리를 내면서 앞으로 나아가기 시작했다. 비행기는 떠올랐다가 다시 바퀴를 땅에 내리기를 반복하면서 연병장을 몇 바퀴 돌더니 멈추어 섰다. 비행기 속도가 점점 빨라지면서 연병장을 가로지르더니 마침내 공중으로 떠올랐다. 용덕은 비행기를 바라보면서 침을 꿀꺽 삼켰다. 비행기는 몇 번을 더 오르내리기를 하더니 멈추었다. 비행 시범은 그것으로 끝났다. 그러나 비행기를 처음 본 용덕은 충격을 받았다. 말로만 듣던 일본군의 비행기 앞에서 한없이 작은 자신을 발견한 것이다.

비행 시범을 보고 돌아오는 길에 용덕의 친구들은 두 팔을 펼쳐 비행기가 날아가는 시늉을 하며 달렸다. 친구들은 커서 비행사가 되겠다고 했지만 용덕은 아무 말도 하지 않았다. 비행사가 되겠다는 생각을 품었지만 친구들에게는 아무 말도 할 수 없었다. 용덕은 마음 한구석이 무거워지는 것을 느꼈다. 일본군의 비행기 얘기를 꺼냈을 때의 아버지의 표정이 떠올랐다. 일본인들이 미국에 건너가 비행기 기술을 배워 왔다는 것에 마음이 한없이 무거워졌다. '우리 조선이 저런 것을 먼저 만들었어야 하는데.'

일본에 나라를 빼앗긴 모습이 한없이 그를 의기소침하게 만들었다.

"우리도 할 수 있어."

앞서 달리던 친구들이 숨을 고르려고 멈추자 말없이 걷고 있는 용덕은 소리쳤다.

"뭐라고?"

친구들은 걸음을 멈추고 용덕을 바라보았다.

"아니, 그냥 혼자 한 소리야."

집으로 가는 용덕의 발걸음이 빨라졌다.

중국으로 간 열다섯 살 소년

"용덕이를 중국으로 보낼까 하오."

저녁밥을 먹은 용덕의 아버지가 밥상을 밀어내며 아내에게 말했다. 용덕의 어머니는 아무런 말도 하지 않았다.

"이미 당신도 알고 있겠지만 많은 사람들이 아이들을 중국으로 보내고 있소. 젊은이들은 새로운 것을 배우러 만주, 북경, 상해로 떠나고 있고. 이제 우리도 용덕이를 중국으로 보내야 할 것 같소."

"그렇긴 하지만 어린아이가 고생이 너무 심할 텐데……."

"고생이 심한 것은 여기서도 마찬가지요. 나라가 망했는데 몸이 편하면 뭐하오. 차라리 고생할 바에 희망이 있는 곳에서 고생하는 게 낫지."

"당신 뜻대로 하구려."

용덕의 어머니는 눈물을 글썽거렸다.

"조만간 북경으로 보낼 생각이오. 용덕이가 아직 어려 공부를 더 시킨 뒤 차후의 일은 말할 것이니 너무 걱정하지 마시오. 북경에는 조선인들이 많이 있소."

일본의 비행 시범은 그 이후로도 몇 번 더 있었다. 그럴 때마다 용덕은 빠짐없이 가 보았다. 그들이 조선에서 비행 시범을 보이는 이유를 용덕은 잘 알고 있었다. 그래서 몇 번인가 구경 가는 것을 그만두려고도 했었다. 아직 비행기를 만드는 기술이 없다는 것이 가슴 아프지만 현실을 받아들여야 했다. 그럴수록 용덕의 의지는 더욱더 단단해졌다.

일본인들의 비행 시범이 있던 해, 1913년 용덕은 봉명중학교를 졸업했다. 소문에 의하면 일본이 민족학교들을 폐교시킬 거라고 했다. 용덕은 장차 어떻게 할지 고민했다. 몇몇 친한 친구들은 중국으로 간다고 했다. 그중 어떤 친구가 용덕에게 살짝 말해주었다.

"아마 너도 가게 될지도 몰라."

"아버지가 아무런 말도 안 하셨는데?"

"응, 우리 아버지와 네 아버지가 말하는 걸 엿들었어."

용덕은 궁금했지만 엄하고 무뚝뚝한 아버지에게 직접 물어보지 못했다. 어머니에게도 물어보았지만 모르는 일이라고 했다.

그러던 어느 날 아버지가 용덕을 불렀다.

"아버지, 부르셨습니까?"

"들어오너라."

용덕은 방안으로 들어가 무릎을 꿇고 앉았다. 아버지는 창밖으로 마당을 내려다보면서 아무 말도 하지 않았다. 용덕도 아버지의 시선을 따라 마당을 내려다보았다.

"중국으로 가거라. 가서 신문물을 배우고 익히도록 해라."

용덕은 눈을 동그랗게 떴다.

"중국으로요?"

"마음 같아서는 이 아비도 함께 가야 하지만, 아비는 친척들을 보살펴야 한다. 지금 의병 활동으로 많은 친척들이 어려움에 빠져 있다. 아비가 함께 가지는 못하지만 너와 동행할 친구들이 있다."

용덕은 묵묵히 아버지의 이야기를 들었다.

"네가 청년이 되면 그땐 배우고 익힌 것으로 이 나라를 위해 힘써라. 우리 나라는 쉽게 무너지지 않는다. 반드시 왜놈들을 물리치고 다시 일어설 날이 있을 것이다."

이미 많은 민족학교들이 일본인들의 협박과 위협으로 문을 닫아야 했다. 그렇기 때문에 조선에 남아 공부하고 싶어도 공부할 수 있는 분위기가 아니었다.

용덕은 중국으로 가는 것이 두렵고 막막하기는 했지만 차근차근 계획을 세웠다. 뜻을 같이하는 봉명중학교 친구들도 용덕과 함께 중국으로 건너갈 준비를 했다. 밤하늘을 바라보며 용덕은 미지의 세계를 생각했다. 중국의 드넓은 세상을 생각하자 가슴이 마구 뛰었다. 부여, 고구려, 발해의 옛 선조들이 호령하던

땅, 땅 끝이 보이지 않는다는 만주를, 그 땅에서 선조들이 말을 타고 달리는 모습을 상상했다. 가슴 한편에서는 힘이 불끈 솟았다. 나라를 잃은 민족의 설움과, 내 손으로 다시 되찾을 수 있다는 생각에 벌써 독립투사가 된 기분이었다. 친구들이 저마다 의지를 밝히며 했던 말들을 떠올렸다.

"나는 왜놈들을 죽이는 귀신 같은 장수가 될 것이다."

"나는 공부를 해서 학자가 될 것이다. 학자가 돼서 교육으로 우리 나라를 되살릴 거다."

"나는 기술자가 되고 싶다."

"넌 공부가 끝나면 뭐 할 거니?"

"모두 다."

"모두 다?"

용덕은 고개를 끄덕였다.

"너희들이 말한 것을 나는 다 할 거다."

용덕의 말에 친구들은 어이없어 하면서도 함께 웃었다.

"오늘 우리가 다짐한 마음 변하지 말자."

용덕과 친구들은 고개를 끄덕였다.

용덕은 중국으로 떠날 봇짐을 싸고 자리에 누웠다. 달빛이 창호지 문을 통해 은은하게 방안에 스며들었다.

"저 빛을 따라서 나는 더 넓은 땅과 끝없이 펼쳐진 하늘로 나갈 것이다."

용덕은 눈을 감았다. 그러나 잠이 오지 않았다. 절대로 일본

놈들이 밤하늘을 침략하게 내버려두지 않겠다고 다짐했다. 그의
마음은 이미 드넓은 대지 위를 날고 있었다.

젊은 독립투사

그로부터 6년이란 세월이 흘렀다. 1919년 조선에서는 삼일만세운동이 일어났다. 전국 방방곡곡에서 독립을 요구하는 평화적 시위가 벌어진 것이다. 하지만 일본은 독립의 의지를 끊으려고 무자비하게 진압했다. 수많은 사람들이 일본군들의 총칼에 다치거나 죽고 체포되었다. 뿐만 아니라 어린아이와 노인 할 것 없이 죄 없는 사람들을 교회 안에 몰아넣고 문을 잠그고 불을 질러 태워 죽인 일도 있었다.

삼일운동이 일어나던 그해 봄. 용덕은 양복 차림에 긴 외투를 입고 기차에 몸을 싣고 있었다. 중국 곳곳에서 중국 경찰의 감시가 삼엄하게 펼쳐졌다. '늙은 호랑이' 중국은 일본의 힘에 눌려 일본이 원하는 대로 한국인 독립투사들을 잡아갔다.

마침 중국 경찰이 기차 안을 돌아다니다 용덕이 타고 있는 칸으로 왔다. 그들은 수상해 보이는 사람들에게 다가가 신분증을 요구하고 몸수색을 했다. 용덕은 불길한 마음이 들어 다음 칸으로 가려고 자리에서 일어나 문을 열었다. 그런데 중국 경찰들이 용덕 앞을 가로막았다.

"신분증을 꺼내라."

용덕은 눈도 꿈쩍하지 않고 중국 경찰을 쏘아보았다.

"길을 비켜라. 나는 중국군 장교다."

용덕은 웃옷 속에서 신분증을 꺼내 보였다. 신분증을 받아든 경찰은 꼼꼼하게 용덕과 사진을 번갈아 바라보았다.

"조선인이군."

"조선인이건 아니건 나는 중국 군대의 장교란 말이다!"

"몸수색해!"

갑자기 용덕과 중국 경찰 사이에 몸싸움이 벌어졌다. 그때 뒤에 서 있던 간부인 듯 보이는 경찰이 권총을 꺼내 용덕의 머리를 겨누었다. 용덕은 분한 마음을 감추고 행동을 멈추었다. 더 이상 저항하는 것이 불가능했기 때문이다. 중국 경찰들은 용덕의 몸을 샅샅이 뒤졌다. 그리고 그들은 용덕의 품에서 권총과 독립 선전문을 꺼내 들었다. 권총을 겨누던 경찰 간부가 선전문을 낚아채듯 잡아서는 읽어 내려갔다.

"체포해."

중국 경찰들은 용덕의 양팔을 잡고 기차 맨 끝으로 끌고 갔다.

중국 봉천(奉天) 헌병사령부로 끌려간 용덕은 며칠 동안 조사를 받았다. 돌바닥에서 올라오는 냉기가 그대로 발을 타고 뼛속 깊숙이 스며들었다. 몸이 부르르 떨려 왔다. 그는 감옥에서 추운 나날을 보냈다. 몸이 추운 것보다 마음이 더 추웠다. 한없이 외로움이 밀려 왔다. 외로운 마음이 마치 저 끝없는 하늘 공간처럼 펼쳐졌다. 그의 가슴속에는 고향에 대한 그리움이 냉기처럼 번져나갔다. 아버지와 어머니의 얼굴이 떠오르자 그는 가슴속에서 끓어오르는 분노를 억누를 수 없었다.

용덕이 감옥에 갇혀 있는 사이, 중국 헌병사령부에서는 용덕이 1914년 중국 북경에서 숭실중학교를 졸업한 것과 1916년 중국 육군군관학교를 졸업한 것을 알아냈다. 또한 졸업 후 중국 육군 장교로서 소대장과 중대장으로 활동한 것도 알게 되었다. 하지만 일본을 상대로 무력 저항운동을 하는 것을 그냥 넘길 수는 없었다. 이미 일본 관헌들도 그를 잡아가려고 눈독을 들이던 참이었다.

중국 헌병사령부는 그를 어떻게 처리해야 할지 고민했다. 중국 경찰이 한국인 독립투사를 잡아가면 뒷거래 식으로 일본 경찰이 돈을 주기도 했다. 중국 경찰은 돈을 바라고 독립투사를 넘기는 경우도 많았다. 하지만 용덕을 신문하는 중국 헌병 장교는 그가 한국인 독립투사이기는 하지만 중국 군대의 장교라는 것이 마음에 걸렸다.

그래서 그는 쉽게 일본 관헌에게 용덕을 넘기기 못하고 헌병 사령관인 진흥에게 직접 보고했다. 중국군 장교를 일본 경찰에 넘겼다는 비난과 책임이 두려웠기 때문이다.

용덕의 사건을 보고받은 진흥 사령관은 펄쩍 뛰었다.

"그를 당장 이리로 데려와라. 내가 직접 확인해 봐야겠다."

헌병 장교가 용덕을 데리고 허겁지겁 사령관실에 들어왔다. 진흥 사령관은 용덕을 보더니 굳은 얼굴로 헌병 장교 앞으로 갔다.

"넌 중국군 장교에 대해 참을 수 없는 모독을 안겼다. 그가 조선인이건 중국인이건 상관없다. 중국군 장교라는 사실이 중요하다. 나갓!"

헌병 장교는 시뻘겋게 상기된 얼굴로 사령관실을 나갔다. 헌병 장교가 사령관실에서 나가자 진흥 사령관은 그를 반갑게 맞으며 두 팔로 용덕의 양 어깨를 잡았다.

"날 기억하겠나? 몰골이 말이 아니군."

"장군님이 여기 계셨군요. 반갑습니다. 이런 곳에서 뵙게 되어 죄송합니다."

"부대에서 잘 지내고 있을 줄 알았는데 이렇게 위험한 일을 하고 있다니 놀랍군."

"조국 강토에서 왜놈들을 몰아내지 못하고 있으니 미칠 것 같았습니다."

"자네 나라에서 전국적인 독립 시위운동이 일어났다는 소식을 들었네. 정말 대단해. 우리 중국인들도 잠에서 깨어나야 할 텐데."

용덕은 고개를 끄덕였다. 진흥 사령관은 용덕이 중국 육군군관학교에 있을 때 만난 사이였다. 그는 당시 장교로서 용덕을 지켜본 사람이었다. 그래서 더욱 용덕에 대한 관심이 컸던 것이다.

"그건 그렇고, 왜놈들 때문에 우리 입장도 난처하네. 자네가 일본 요원 암살을 위해 조선인들에게 무기를 전달하려 했다는 것만으로도 엄한 벌을 받게 되어 있어."

"그 벌이 하늘의 뜻이라면 받아야겠죠."

"자네, 좀 더 세상을 길게 보게. 인생은 장거리 달리기 같은 거네. 이렇게 작은 일로 희생당하는 것은 어리석은 짓이야."

"조국을 위해 싸우다 허무하게 죽은 이들이 이미 한둘이 아닙니다."

"그렇겠지. 내 말은 적과 제대로 싸우기 위해서는 때가 있다는 거지. 그때를 기다리라는 거야."

"지금이 그때라고 생각합니다."

"자네, 중국으로 올 때 어떤 꿈을 가지고 있었나?"

용덕은 잠시 말을 못하고 생각을 더듬었다.

"……."

용덕이 아무 말도 하지 않자 그가 다시 입을 열었다.

"자네 꿈이 무엇이든 그 꿈을 실현하게. 하지만 이건 소모적인 일이야. 내가 안타까워서 하는 말이야."

용덕은 그동안 잊고 지냈던 기억을 더듬었다. 중국으로 온 지 6년이란 세월이 흘렀다. 그는 조국을 독립시키는 것 말고 다른 것은 생각할 수 없었다. 하지만 그렇게 되기 위해서는 우선 자신이 무엇인가 할 수 있는 위치가 되어야 했다. 그래서 결정한 것이 중국 군관학교에 들어가는 것이었다. 그리고 그는 중국군 장교가 되었다.

용덕이 군인이 되었지만 달라진 것은 아무 것도 없었다. 여전히 조국은 일본군에 짓밟히고 있었다. 그에게 꿈이라는 것은 따로 없었다. 하루빨리 침략자 일제와 싸우겠다는 신념과 그 실천뿐이었다.

진흥 사령관은 다시는 이러한 일을 하지 않는다는 각서를 받고 그를 풀어주었다. 자유의 몸이 된 용덕은 진흥의 마지막 말을 떠올렸다.

"지금 곧장 부대로 복귀하게."

그러나 그에게는 할 일이 남아 있었다. 조선과 만주 국경 지대에 있는 비밀 장소에 가서 무기와 선전문을 국내로 가져갈 동지에게 전달해 주어야 했기 때문이다. 그는 그것을 다른 사람에게 맡길 수 없었다. 그는 기어코 자신의 임무를 수행하기 위해 길을 떠났다.

비행사가 되다

　용덕은 무기를 전달하는 임무를 마치고 북경으로 돌아오는 기차에 몸을 실었다. 몸은 긴 여행 때문에 지쳐 있었다. 그는 흔들거리는 기차 안에서 창밖 경치를 보며 자신의 앞날을 생각했다. 끝없이 펼쳐진 수수밭이 바람에 장엄하게 흔들리고 있었다. 진흥 사령관의 말처럼 조국 독립에 도움이 되는 일을 하고 싶었다. 하지만 뾰족한 수가 떠오르지 않았다. 잔인하고 거대한 일본군을 물리치려면 길고 지루한 시간과의 싸움이 필요했기 때문이다.

　기차가 북경 근처에 거의 왔을 때 차창 밖으로 비행기 한 대가 지평선 위로 낮게 날아가는 것이 보였다. 그는 몸을 일으켜 비행기를 유심히 보았다. 경성에서 보았던 비행기보다 더 세련되어 보이는 복엽기(複葉機)였다. 가슴이 뛰었다. 그는 주먹을 불끈 쥐었다. 잊었던 기억이 불현듯 되살아났기 때문이다.

"그래, 비행사가 되는 거다."

그는 다음 날부터 비행사가 되는 길을 알아보러 다녔다. 중국에는 비행 학교가 네 군데 있었다. 운남성 곤명(昆明)에 있는 운남비행학교, 광주에 있는 광주비행학교, 북경 근처에 있는 보정비행학교, 북경에 있는 남원비행학교 등이었다. 용덕은 북경에 머물면서 어느 비행 학교를 갈지 고민을 했다. 임시정부에서 추천서를 써 준다는 소식도 들었다. 상해로 갈지 아니면 직접 비행학교의 문을 두드릴지 생각에 골몰했다.

용덕은 무장 독립 운동을 하던 동지들이 있는 북경을 떠나고 싶지 않았다. 설사 비행 학교를 나와도 비행사로서 장래가 보장될지 의문이었고 비행사가 된다고 당장 일본군들과 싸우게 되는 것도 아니다. 모든 것이 헛된 꿈만 같았기 때문이다.

용덕은 그동안 무리한 여행과 잠시간이었지만 혹독한 감옥생활 끝에 얻은 병이 도져서 하루 종일 이불을 뒤집어쓰고 누웠다. 어둠 속에서 하루 이틀 시간이 하릴없이 흘러갔다. 이렇게 시간을 보내다가 폐인이 될 것 같은 생각이 들었다. 며칠 후에는 부대로 돌아가야 했다. 모든 게 부질없어 보였다. 부조리한 세상은 변하지 않았고 드넓은 중국의 대지처럼 시간은 지루했다. 마치 허공에 둥실둥실 구름처럼 떠다니고 있는 것 같았다. 일본군과 싸우지 않는 중국 군대는 더 이상 그에게 의미가 없었다. 비행사가 되는 것마저도. 그는 마음속에서 혼란을 겪었다. 자신의 의지와 상관없이 마치 벼랑 끝으로 떨어지는 기분이었다.

그러던 어느 날 북경에서 독립 운동을 하는 동지가 찾아왔다. 용덕의 몰골을 본 그는 혀를 찼다.

"자네, 마음이 지쳤나 보네. 이러다 쓰러지면 어떡하려고. 힘을 내게."

그는 용덕을 데리고 밖으로 나가 음식점으로 들어갔다. 용덕은 지친 몸인데다 입맛도 없었지만 국밥을 꾸역꾸역 입에 떠 넣었다.

"비행 학교로 가게."

용덕은 아무 말도 하지 않고 묵묵히 밥을 먹고 있었다. 고개를 끄덕여서 대답을 대신했다. 그러나 용덕은 큰 기대를 하지 않는 눈치였다.

"서왈보(徐曰甫)라는 사람이 있네. 그분도 자네처럼 중국군 장교야. 항공대에서 근무하고 있어. 그분을 찾아가게. 그분이 도와줄 걸세."

"그분은 어떤 분입니까?"

"못 들어 보았나. 중국인들 사이에서도 유명한 사람을. 그분은 비행사야."

용덕은 밥을 씹다 말고 동지의 얼굴을 쳐다보았다. 그는 용덕에게 서왈보 비행사에 대해서 자세하게 들려주었다.

며칠 뒤, 동지와 용덕은 서왈보를 만나게 되었다. 서왈보 비행사는 반가워하며 그의 두 손을 잡았다.

"그래, 자네 같은 사람이 비행사가 되어야지. 누가 하겠나. 의

지도 있고. 보정비행학교로 가게. 내가 추천서를 써 주겠네."

"군벌(軍閥)들이 조선인이라고 차별하지 않고 비행사로서 장래를 보장해 줄까요?"

"중국인들은 비행기가 위험하다고 생각해서 비행사가 되는 것을 꺼린다네. 그들이 외국인 비행사들을 좋아하는 이유가 바로 그거라네. 우리 같은 외국인 비행사들이 그들에게는 좋은 본보기가 되는 거지."

서왈보 비행사를 만나면서 용덕은 비행사에 대한 믿음과 확신이 생겼다. 그는 더 이상 주저하지 않았다.

"네, 비행 학교로 가겠습니다. 부족하지만 열심히 해보겠습니다."

그는 마침내 비행 학교에 입교하게 되었다. 교육 기간은 1년으로 6개월은 비행 이론 교육, 나머지 6개월은 비행 실습이었다. 그는 열심히 비행 이론을 공부했다. 제1차 세계대전에서 비행기가 진가를 발휘한 사실도 알게 되었다. 전쟁이 끝나고 각종 비행기들이 중국으로 건너왔다. 중국은 마치 낡은 비행기 박물관 같았다. 독일의 알바트로스, 포커, 융커스, 영국의 솝위드캐멀, 비커스, 팝, 스니프, 타블로이드, 스트루터 등 솝위드(Shopwith) 시리즈도 있었다. 또한 프랑스의 뉴포르(Nieuport) 시리즈 기종으로는 스파드, 코드롱 등이 들어와 있었고, 미국의 유명한 커티스(Curtiss) 기종도 들어와 있었다. 하지만 모두 낡고 오래된 비행기들이어서 전투기로 사용할 수 있는 것은 적었다. 그래

도 중국은 그 모든 비행기들을 소중히 여겼다.

처음에 비행기가 만들어졌을 때에는 사람들을 죽이는 무기가 아니었다. 비행기는 우편배달도 하고, 여행을 위한 좋은 교통수단이었고 곡예단의 낭만이었다. 새시대에 걸맞은 곡예비행의 수단이었던 것이다. 하지만 사람들은 비행기가 전쟁터 하늘에서 지상을 공격하는 데 더없이 좋은 무기라는 것을 알게 되었다.

유럽 전쟁터에서는 지상의 적군을 죽이는 무기로, 공중에서 적기를 격추시키는 공중전의 무기로 사용되었다. 그렇게 전쟁이 치러지는 동안 비행술도 발달했다. 하지만 이로 인해 수많은 젊은 비행사들이 하늘에서 목숨을 잃었다. 비행과 전쟁, 묘한 운명의 비행사들은 전쟁의 소용돌이 속에서 희생되어 갔다.

중국 또한 예외는 아니었다. 중국은 당시 통일이 되지 못하고 여러 군벌들이 각 지역을 다스리며 서로 싸우고 있었다. 일본, 독일 등 강대국들은 자신들의 이익을 위해 각자 자신들의 말을 듣는 군벌들에게 무기와 돈을 대주었다. 군벌들이 강대국들을 대신하여 싸우는 꼴이었다. 그래서 중국은 '잠자는 호랑이', '종이 호랑이' 라고 비웃는 소리를 들어야 했다. 뜻 있는 많은 중국인들은 그런 강대국들의 손에 놀아나지 않고 하루빨리 중국이 통일이 되기를 바랐다.

비행 연습을 할 때마다 용덕은 혼란스런 인간 세상을 뛰어넘어 하늘 높이 날아 올라갔다. 비행을 하는 동안 세계는 갈등이 없는 세계였다. 그는 어려운 비행술을 하나씩 익혀 나갔다. 비행기를 빙글빙글 돌리며 앞으로 전진하는 비행, 비행기를 거꾸로 한 채 앞으로 나아가는 배면비행, 공중에서 커다란 원을 그리는 비행, 공중에서 수직으로 하늘 위로 올라가다가 엔진을 끈 채 낙엽처럼 떨어지는 비행 등 모든 것이 목숨을 건 비행이었다. 이렇게 어려운 비행을 하다가 정신을 잃을 수도 있었다. 급회전을 하는 때에는 어김없이 피 쏠림이 있었다. 원심력에 의해 액체인 피가 신체 하부로 내려감으로써 머리에 피가 공급이 되지 않는 것이다. 그러면 의식이 가물가물해져 버린다. 그렇게 고난도의 비행을 하다가 의식을 잃어버려 조종 능력을 상실하고 끝내 추락하여 숨지는 비행사들도 있었다. 용덕도 그런 위기에 늘 직면했다. 하지만 용덕의 정신력은 무서웠다. 의식이 가물가물할 때도 그 다음 조종 단계로 조종간을 움직여 위기를 넘겼다. 이러한 훈련을 지상에서 지겹도록 반복적으로 몸에 익혔다.

고난도의 비행을 극복하자 그는 지상의 적군을 공격하는 비행술도 배웠다. 속력을 최대로 높여 지상의 목표물을 공격하기 위해 내려가다가 폭탄을 떨어뜨리고 비행기를 다시 공중으로 끌어올리는 비행술이었다. 이것은 잘못하면 땅에 곤두박질할 수 있는 아주 위험한 비행이었다.

그는 마침내 비행 학교에서 마지막 연습 비행을 했다. 하늘을 날면서 그는 아름다운 세상을 보았다. 하늘에서 내려다본 지상은 천국 같았다. 하늘 도시는 먼 곳에 있지 않았다. 비행하면서 자신이 발을 딛고 있던 곳이 하늘 도시이고, 천국이라고 생각했다. 그런 천국 같은 세상에서 사람들이 서로 죽이며 죽고 있는 것이다. 그는 땅에 닿을 듯이 낮은 고도로 비행기를 몰았다. 끝없이 펼쳐진 수수밭 위로 그의 비행기가 날았다. 용덕은 생각했다. 고구려의 선조들도 이렇게 장엄하게 드넓은 대지를 달렸을까.

며칠 후에는 야간 비행에도 도전하여 무사히 성공했다. 어린 시절 집 마당에서 보았던, 쏟아져 내릴 것만 같은 은하수 가까이 다가간 듯한 착각이 들 정도였다. 그는 아름다운 밤하늘을 비행하며 벅찬 감동을 느꼈다. 그것은 자신이 살아 있다는 느낌, 바로 그것이었다. 야간 비행은 목숨을 내놓은 비행이었다. 별빛과 달빛, 희미하게 보이는 지형지물을 보며 고도를 유지한 채 비행로를 찾아가야 했다. 이륙도 어려운 것이지만 착륙은 더 어려웠다. 기지에서 횃불을 켜 놓고 기다리고 있었다. 그것은 밤하늘의 별빛처럼 아름다웠다. 마치 하늘나라에 오는 것 같은 착각마저 들었다. 고도가 낮아지면서 황토색 활주로가 희미하게 용덕의 눈에 들어왔다. 무사귀환! 가슴이 벅찼다. 동료 비행사들과 정비병들이 손을 흔들고 있었다. 용덕도 손을 흔들었다. 용덕을 태운 비행기는 무사히 황토색 활주로에 안착했다. 바퀴가 지상과 맞닿는 충격이 온몸에 전해졌다. 그 충격이 고마웠다.

용덕이 무사히 비행 실습까지 마치고 비행 학교를 졸업하게 되었다. 비행사 면장을 받으면서 동시에 항공대 장교 신분도 얻었다. 드디어 비행사가 된 것이다.

당시 서왈보 비행사는 이미 군벌의 비행대에서 맹활약을 하고 있었다. 그는 20여 회 출격을 하며 상대 군벌의 군대를 공격하고 공중전에서 적기도 물리쳤다. 그는 식민지 백성이 된 조선인들에게 자긍심과 희망을 심어 주는 비행사였다. 중국인들도 서왈보 비행사라면 모르는 사람이 없었다. 서왈보는 중국의 영웅이자 조선인들의 영웅이었다. 용덕은 서왈보 비행사 같은 선배 비행사가 있다는 것이 자랑스러웠다.

용덕은 비행 학교를 졸업한 후에 비행 학교 교관 일도 함께 했다. 한번은 2인승 알바트로스기로 비행 학교 학생을 태우고 연습 비행을 하게 되었다. 유럽에서 1차 대전 때 쓰던 낡은 기종이라 용덕은 불안했지만 학생에게는 그런 말을 하지 않았다. 그래서 비행장에 좋은 바람이 불 때 날을 잡아 비행 교육을 하기로 한 것이다.

불안한 마음은 정말 나쁜 일을 부르는 걸까? 그날 2인승 복엽기는 이륙할 때는 아무 이상이 없었다. 그런데 엔진 소리가 평소와 달랐다. 비행기는 이미 하늘 높이 떠 있었다. 갑자기 엔진이 멈출 듯이 파드닥거리기를 반복했다. 용덕은 훈련생이 자신감을 잃지 않도록 그에게 손바닥을 펴서 안심하라는 신호를 보냈다. 여차하면 활공비행을 할 참이었다.

들판을 지나 고도가 점점 낮아지면서 멀리 비행장이 보였다. 그때 갑자기 비행기 엔진이 꺼져버렸다. 훈련생이 당황해서 어찌할 바를 몰랐다. 용덕은 엔진이 꺼진 상태에서 바람을 타고 비

행장을 향하여 고도를 낮추며 날았다. 바퀴가 활주로에 거의 닿을 듯하며 날 때 갑자기 바람이 방향을 바꾸었다. 기체가 흔들려서 방향을 잡기가 힘들었다.

"꼭 붙잡아!"

용덕은 소리쳤다. 활주로를 달리던 비행기가 갑자기 땅에 화살처럼 꽂히더니 거꾸로 뒤집혔다. 그 광경을 지켜보던 사람들이 비행기를 향해 달려왔다. 사람들은 뒤집힌 비행기 사이로 교육생과 용덕을 끌어냈다. 다행히 교육생은 이마에 타박상과 코뼈가 부러지는 정도의 부상을 당했다. 그러나 용덕은 다리를 움직일 수가 없었다. 다리뼈가 부러진 것이다.

"빨리 들것에 실어!"

다급한 목소리와 함께 용덕은 들것에 실려서 병원으로 갔다.

병원에 실려 간 용덕은 검진을 받았다.

"한쪽 다리뼈가 부러졌네. 치료하는 데 시간이 많이 걸리지만 괜찮을 걸세."

용덕은 의사의 치료를 받으면서 지루한 병원 생활을 시작했다. 지친 몸을 쉬기에 좋은 생활이기도 했지만 그의 가슴속에는 풀리지 않은 응어리가 있었다. 조국은 여전히 일제의 식민지 상태로 있는 것이 안타까웠다. 할 일 없이 몸이 회복되기를 기다리는 동안 많은 생각이 들었다. 참으로 한가로운 나날이 지속되었다. 마침내 그는 병원에서 퇴원을 하게 되었다. 그는 퇴원을 하자마자 무장 독립 운동을 하던 동지들을 만났다.

"중국군은 왜놈들과 싸울 생각을 하지 않아. 일본군과 싸우기 위해 중국군에 들어왔는데."

동지들은 답답해하며 소리쳤다. 용덕은 말없이 고개를 끄덕였다.

"당분간 동지들과 함께 행동할까 생각 중입니다."

"자네가 함께 한다면 우리 독립군에게는 큰 힘이 될 것이네."

"무엇이든 일을 맡겨주십시오."

용덕은 동지들을 위로하며 함께 행동할 것을 다짐했다. 그 뒤, 회의에도 참여하고 무기 운반 같은 위험한 일도 함께 했다.

그렇게 한해 한해 흘러가고 1926년이 되었다. 이때 중국의 장개석 국민정부가 군벌을 토벌하여 중국을 통일하고자 하는 계획을 수립했다. 장개석은 군대를 이끌고 군벌들을 공격하기 시작했다. 이에 놀란 군벌들이 속속 국민정부에 항복하면서 군벌들이 보유하고 있던 항공대도 국민정부로 편입됐다.

무장 독립 운동을 도우면서 중국군 장교로 있던 용덕은 국민정부의 항공대 비행사가 되었다. 국민정부의 항공대에는 용덕말고도 조선인 비행사가 더 있었다. 우리 나라 최초의 여성 비행사인 권기옥도 운남비행학교에서 비행사 면장을 받고 와서 활동하고 있었다. 이들은 모두 중국 항공대의 창설 멤버가 된 것이다.

"중국이 일제와 싸우는 날, 그날이 우리들의 독립전쟁의 날이 될 것이다."

그들은 함께 손을 잡으며 한마음이 되었다.

"비록 남의 나라 군복을 입고 있지만 이것은 우리 조국을 위한 일이다. 중국 항공대가 발전해야 우리가 큰 역할을 할 수 있다."

용덕을 비롯한 국민정부 항공대의 한인 비행사들은 모두 모여 다짐을 했다.

평생의 반려자, 중국 여자 호요동과 결혼하다

　　1928년 용덕은 여전히 비행 학교 교관으로 활동하고 있었다. 그의 동료 가운데 중국인 비행사 석방번이라는 사람이 있었다. 그는 대대로 무관의 전통을 이어가고 있는 집안의 군인으로 용덕과 친하게 지냈다.

　　하루는 용덕이 천진(天津)에 있는 석방번의 집에 함께 가게 되었다. 석방번의 집에는 아내와 처가 식구들이 함께 살고 있었다. 처음 찾아가는 용덕을 석방번의 아내와 식구들은 반갑게 맞이했다. 그때 그의 눈에 들어오는 한 어린 처녀가 있었다. 이름은 호요동으로 석방번 비행사의 처제(아내의 여동생)였다. 그녀는 열 아홉 살로 수줍음을 많이 탔다. 용덕은 얼굴을 붉히는 호요동의 모습에 마음이 끌렸다. 부대로 돌아온 뒤로도 용덕의 눈앞에는 호요동의 자태가 자꾸 떠올랐다.

용덕은 그 뒤로도 가끔 석방번의 집에 놀러 갔다. 그 집 어른
들도 용덕을 좋아했다. 그는 마음속에 간직하던 호감을 쉽게 털
어놓지 못했다. 19세 순진한 처녀 호요동도 듬직하게 생긴 이국
풍의 그가 싫지 않았다.

그러던 어느 날, 호요동 부모가 용덕에게 말했다.

"우리 막내딸도 시집을 가야 하는데 어디 좋은 사내가 있으면
소개를 해주게나."

이게 웬일인가. 용덕은 주저하지 않고 입을 열었다.

"물론 있습니다."

"그래? 어떤 사람인가. 자네 같은 군인인가. 비행사인가."

"네."

"그럼 언제 한번 집으로 데려오게."

"이미 와 있습니다."

호요동 부모님은 어리둥절하며 서로의 얼굴을 쳐다보았다.

"바로 접니다."

그때서야 그들은 껄껄 웃으며 용기 있는 그의 모습을 칭찬했
다. 하지만 외국인에게 딸을 준다는 것은 쉽게 결정할 수 있는
일이 아니었다. 그날 어른들로부터 허락을 받지 못한 용덕은 빈
손으로 돌아가야 했다. 어른들은 그가 외국인이라는 점, 나이 차
이가 무려 열두 살이나 되는 점을 들어 결혼을 반대한 것이다.
어른들의 입장을 이해하지 못하는 것은 아니었다. 하지만 한번
마음에 들어온 사랑이 쉽게 사라지지 않았다. 잠을 청해도 잠이

오지 않았다. 뜬 눈을 다시 감아도 사랑하는 여인의 모습만 떠오를 뿐이었다. 그는 자리를 박차고 일어나 창문을 열었다. 시원한 바람이 얼굴을 때렸다. 외로운 남자는 이미 이국 처녀에게 마음을 빼앗기고 있었다. 아니 고향 처녀를 보는 기분에 사로잡혀 있었던 것이다.

며칠 후 용덕은 친구 석방번 비행사에게 도움을 청했다.

"이보게. 정말 내 마음이 왜 이렇게 흔들리는지 몰라."

석방번 비행사는 웃으면서 걱정하지 말라고 했다.

"무뚝뚝하고 용감한 자네가 그런 모습을 보이다니. 처제가 자네 혼을 쏙 빼놓았군. 하하하."

얼마 뒤 석방번의 도움으로 용덕은 요동을 만나게 되었다. 용덕은 떨리는 마음으로 호요동과 마주 앉았다.

"나는 조선 사람으로 나이도 많고 가진 것도 없습니다. 그러나 당신을 본 순간부터 우리가 서로 의지할 언덕이 되어 주는 그런 관계였으면 하고 생각했습니다. 저와 결혼해 주십시오."

용덕은 자신의 마음을 털어놓았다.

"……!"

요동은 대답 대신 고개를 끄덕였다. 요동도 용덕의 모습이 믿음직했다. 저런 남자라면 평생을 함께해도 후회할 것 같지 않다는 확신을 갖게 되었다.

석방번 비행사, 그의 부인, 그리고 요동이 한마음이 되어 용덕이 좋은 사윗감, 남편감이라는 것을 어른들에게 호소했다. 그

러나 이번에는 비행 사고로 많은 비행사가 죽는다는 이유를 대며 반대했다.

"최용덕 비행사는 아주 유능합니다. 비행사를 키우는 비행 교관입니다. 그는 엔진이 꺼진 비행기도 몰고 내려오는 사람입니다."

석방번 비행사는 입에 침이 마르게 용덕을 칭찬했다. 그런 정성들이 쌓인 덕분인지 처음에는 꿈쩍도 하지 않던 요동의 부모님의 마음이 차츰 변하기 시작했다. 그리고 마침내 결혼 승낙이 떨어졌다.

그해 용덕과 요동은 친지들의 축복 속에서 결혼을 했다. 중국으로 망명한 지 꼭 15년 만에 이국땅에 보금자리를 마련하게 된 것이다.

결혼 첫날밤 요동과 용덕은 마주 앉았다.

"부모님이 늙으셔서 앞으로는 돈도 많이 못 벌 것 같아요. 남동생들이 공부할 수 있도록 당신이 도와주세요."

"그런 걱정 말아요. 내 월급으로 얼마든지 할 수 있어요."

용덕은 아내를 가만히 안아 주었다. 요동은 용덕의 가슴에 얼굴을 기댔다. 힘차게 뛰는 아내의 심장소리를 용덕은 들었다.

"그리고……."

"주저하지 말고 말해 봐요."

용덕은 아내의 얼굴을 두 손으로 감싸고 사랑스런 눈빛으로 바라보았다.

"저도 공부하고 싶어요."

용덕의 눈이 커졌다.

"그래요? 맞아. 이제는 여자들도 남자들과 꼭같이 공부를 해야 하오. 이제부터 당신이 하고 싶은 공부를 하시오."

이렇게 두 사람은 새 삶을 꾸려 나가기 시작했다. 하지만 떨어져 사는 날이 많았다. 집과 부대가 멀리 떨어져 있어서 휴가를 내지 않으면 만나기가 쉽지 않았다. 군인과 결혼한 이상 어쩔 수 없는 일이었다. 요동은 학교를 다니며 외로움을 달랬다. 그러나 외로움이 두 사람의 사랑을 더욱 깊고 간절하게 만들었다.

해가 바뀌면서 일본 제국의 대륙에 대한 무력 침략은 더욱 노골화되었다. 일본은 중국에 군대를 보내어 만주를 삼켜 버렸다. 이런 식이라면 일본이 중국 전체를 삼킬 날도 머지않아 보였다. 하지만 중국은 일본의 야욕을 뻔히 알면서도 일본을 상대로 전면 대결을 벌일 수가 없었다. 나라에 힘이 없었던 것이다. 중국으로서는 굴욕이 아닐 수 없었다.

용덕이 결혼한 지 3년 뒤, 마침내 중국에서 대사변이 일어났다. 일본 육전해전대가 상해사변을 일으킨 것이다. 중국의 정예부대는 일본군에 맞서 강력하게 저항했다.

요동은 1930년 4월까지 북경에 있는 보정여자사범학교를 다니다가 상해로 건너가 상해동남체육전문대학을 다니고 있었다. 용덕은 부대 일로 출장을 가는 일이 많아 아예 요동에게 학교 기숙사에 들어가도록 했다. 요동이 학교로 들어가자 용덕은 안심을 하고 부대 일에 전념했다.

상해에서 거듭 일어난 전쟁은 1932년 5월에서야 휴전이 되었다. 상해는 평상시의 생활로 돌아왔지만 도시 곳곳이 파괴되었다. 전쟁을 처음 겪은 요동은 큰 상처를 받았다. 이런 전쟁은 일본군이 중국에서 물러나지 않는 한 앞으로 얼마든지 다시 일어날 수 있기 때문이었다.

만주의 호랑이

　한가로운 시간들이 흘러가고 있었다. 용덕은 날마다 중국군 비행대에서 중국군 예비 비행사들에게 비행 훈련을 시켰다.

　그러던 어느 날, 북경과 만주를 오가면서 독립군의 비밀 연락을 맡고 있던 독립군 한 사람이 용덕을 찾아왔다. 그는 예전 독립군 부대에서 군사 교육을 받을 때 함께했던 사람이었다. 지금 용덕은 비록 중국군에 속해 있었지만 항상 독립군과 연락을 취하고 있었다. 비밀 연락을 맡은 독립군은 용덕에게 만주에서 벌어지고 있는 일들을 자세하게 알려 주었다.

　"지금 만주 곳곳에 흩어져 있는 독립군들이 이청천 장군님을 중심으로 한곳으로 집결하고 있습니다."

　용덕은 그 말을 듣는 순간 가슴이 뛰었다. 그는 마음속으로 드디어 일본 놈들에게 복수할 때가 왔음을 느꼈다.

　"이청천 총사령관께서는 중국군과 연합하여 일본군과 만주군을 공격할 계획을 세우고 있습니다."

"……."

용덕은 새로운 소식에 놀라워했을 뿐만 아니라 가슴이 뜨거워지는 것을 느꼈다.

"내가 여기서 이렇게 편하게 있을 수 없다. 나도 정리되는 대로 만주로 곧 가겠네."

"알겠습니다. 저는 북경에 남아 있는 동지들과 함께 먼저 떠나겠습니다."

용덕은 만주로 돌아가는 연락병 동지 편에 자신이 가지고 있던 돈과 재물을 모두 털어서 보냈다. 그는 독립전쟁도 하지 않으면서 중국 항공대에서 편하게 지낼 수는 없다고 생각했다. 중국군 비행사가 되고 나서도 조국의 원수인 일본 놈들과 전투를 벌일 수 없는 현실이 가슴을 짓누르곤 했었다.

"이제 드디어 조국을 위해 일할 기회가 생겼다."

용덕은 주먹을 불끈 쥐었다. 날마다 가슴을 짓누르던 무언가를 훌훌 털어 버리고 조국을 위해서 일을 할 기회가 온 것이다. 중국을 떠나기 전 아버지가 자신에게 한 말이 떠올랐다.

"조선은, 조선 사람들은 쉽게 무너지지 않는다."

만주에서 독립군들이 일본군과 큰 전쟁을 앞두고 있는 모습을 먼발치서 바라만 볼 수는 없었다.

"그토록 기다렸던 순간이 아니더냐."

그는 책상에 앉아 아내에게 편지를 쓰기 시작했다. 어쩌면 지금의 헤어짐이 사랑하는 아내와의 마지막이 될지도 모른다는 생각이 들었다. 그러나 나라를 등지고 머나먼 중국까지 떠나온 몸이 아닌가. 아내를 사랑하는 마음 때문에 나라를 등지고 안주하며 편안히 살아갈 순 없었다. 이번 결정을 아내도 틀림없이 기뻐할 것이다. 비록 죽음이 갈라놓는 일이 생기더라도 말이다.

그는 다음날 만주로 가는 기차에 몸을 실었다. 만주의 드넓은 들판을 바라보며 기다릴 동지들 생각이 떠올랐다. 그들은 조국을 위해 함께 목숨을 던지기로 맹세한 동지들인 것이다. 그들이 사지에 있는 한 자신도 그들과 함께해야 한다고 생각했다.

그는 기차가 더 가지 못하는 곳에서 내려서 말을 사서 타고 대륙을 가로질러 달렸다. 몇 날 며칠을 끝없이 펼쳐진 대지를 달렸다. 별들이 수놓은 밤하늘이 끝없이 펼쳐졌고 지평선도 끝없이 눈앞에 나타났다. 그렇게 북극성을 바라보며 그는 전쟁이 벌어지고 있는 북만주로 향했다.

1931년 일본은 만주에서 사변을 일으켜 만주를 점령하고 괴뢰 정부인 만주국을 세웠다. 그 뒤, 일본군은 만주군과 합동으로 독립군에 대한 토벌 작전을 시작했다. 만주 근처에는 만주군과 일본군에 대항하기 위해 중국군 부대가 편성되어 항전을 하고 있었다. 중국에서 항일 독립 운동을 하던 한국독립당은 만주에서 일본에 대항하여 싸우고 있던 중국 호로군(護路軍) 사령관에게 특사를 파견하여 한중 연합군을 만들자고 제안했다. 그러자 중국 호로군은 조약을 체결하여 한중 연합군을 만들게 되었다.

용덕은 마침내 여러 날에 걸쳐 독립군 부대에 합류할 수 있었다. 어렵고 힘들게 독립군들과 합류한 용덕은 이제 비행사의 모습이 아니었다. 백두산 호랑이의 모습을 한 결의에 찬 무장한 독립군이었다. 몇 날 며칠을 달려온 까닭에 그의 얼굴은 수염으로 뒤덮여서 털보 아저씨가 되어 있었다. 처음 독립군 부대로 도착했을 때 아무도 그를 알아보지 못했다. 그러나 털보가 용덕이란 걸 알고는 모두 반갑게 맞이했다.

　"비행기는 어디 있나?"

　"비행기라니?"

　"그럼, 비행기를 타고 온 게 아니고?"

　"아닐세."

　동지들은 농담을 하며 용덕의 손을 잡아 주었다. 용덕의 참여는 독립군에게는 큰 힘이 되었다. 중국군에서 정규 군사 교육을 받고 비행사로서 활동하는 그를 이청천(李靑天) 사령관도 반갑게 맞이했다.

　"자네처럼 귀한 비행사가 여긴 뭣 하러 오나. 자네 역할이 따로 있는데."

　용덕은 고개를 저었다.

　"이런 날을 기다려 왔습니다."

　이청천 사령관은 용덕의 손을 두 손으로 꼭 잡았다.

　"하여간 오느라고 고생했네. 솔직하게 말해서 난 자네가 내 곁에 있어 주기를 늘 바랐지."

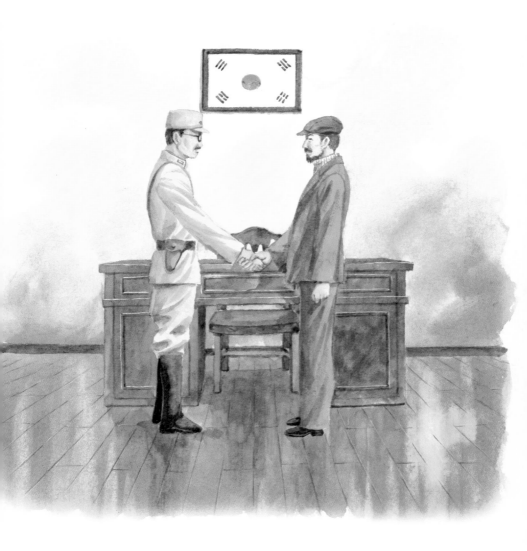

"그래서 이렇게 온 거 아닙니까?"

두 사람은 웃었다.

"그래 난 자네가 올 줄 알았어."

두 사람은 깊은 포옹을 했다. 동지들만이 느끼는 뜨거운 감정이 두 사람의 몸과 마음에 흘렀다. 서로의 손에서 따뜻함과 힘이 동시에 느껴졌다. 그는 독립군 부대에 오면서 죽음도 두렵지 않음을 느꼈다.

시간이 지나면서 곳곳에서 활동하던 독립군들이 속속 합류했다. 독립군은 이미 수천 명이 되었다. 모두가 죽음을 각오한 동지들로 한마음으로 단결했다. 독립군과 연합 작전을 벌이는 중국군은 수만 명에 이르렀다. 중국군들은 한국 독립군들을 좋아했다. 1932년 4월 29일 상해에서 윤봉길 의사가 폭탄을 던져 일본군과 관리들을 폭사시킨 것을 높이 평가했다. 윤봉길 의사가 던진 폭탄 하나는 중국인들 모두의 가슴속에서도 엄청난 폭발을 일으킨 것이다. 윤봉길 의사가 일본의 간담을 서늘하게 한 것을 마치 자신들의 일처럼 통쾌해했다. 조선인의 용감한 모습에 중국인들 모두가 감동한 것이다. 만주의 중국군들과 조선의 독립군들은 윤봉길 의사의 의거로 사기가 하늘을 찌를 듯 높았다.

1932년 2월 일본군은 공군의 엄호를 받으면서 중동 철도 연안을 공격했다. 이에 한중 연합군은 이들을 맞아 최선을 다해 싸웠으나 화력의 열세로 인해 작전상 후퇴를 한 뒤, 3월에 다시 중국군과 연합하여 탈환했다.

독립군과 중국군이 연합군을 만들었지만 상대해야 할 적은 그보다 훨씬 많았다. 다행인 것은 한중 연합군이 만주의 지형을 잘 알기 때문에 일본군보다는 효과적으로 싸울 수 있었다는 것이었다. 1932년 8월 독립군과 중국군은 부대를 재편성하여 연합 작전을 준비했다. 독립군 3,000명과 중국군 2만5,000명으로 편성된 한중 연합군의 쌍성보(雙城堡) 공격이 그것이었다. 쌍성보는 철도가 지나가는 만주의 요충지로 북만주의 중요한 물산이 모이는 곳이어서 전략적 가치가 매우 큰 곳이었다.

1932년 11월 20일 독립군 총사령관인 이청천 장군의 지휘 아래 쌍성보에 주둔하고 있던 일본군과 만주군을 일제히 공격했다.

어둠을 틈타 독립군과 중국 연합군은 정면과 왼쪽, 그리고 쌍성보 뒤쪽에서 공격을 퍼부었다. 연합군의 작전은 먼저 정예 부대인 일본군을 무너뜨리는 것이었다. 용덕은 독립군들과 함께 적의 정면을 공격했다. 적은 기관총과 박격포를 쏘면서 완강하게 저항했다. 독립군은 저돌적이고도 집요하게 총탄을 쏟아 붓는 일본군 정면을 공격해 그들의 기세를 꺾었다. 하지만 그 과정에서 중국군과 독립군의 희생이 적지 않았다. 전투는 치열하게 벌어졌고 양쪽에서는 많은 사상자가 발생했다. 시간이 지나면서 정면을 공격했던 독립군 부대가 쌍성보 성안으로 진입하는 데 성공했다. 뒤이어서 쌍성보 뒷산을 점령한 독립군 포병대가 시가의 주요 건물에 포격을 가했다. 독립군과 중국군은 일부러 일본군을 집중 공격했다. 화력과 전투력이 우세한 일본군 1개 중대가 몰상당하자 2,000여 명의 만주군 사기도 땅에 떨어졌다. 만주군은 순식간에 전열이 무너졌다. 연합군은 이틈을 노려 만주군 진영 깊숙이 파고들었다. 앞뒤 좌우로 중국군과 독립군이 출몰하여 총을 쏴 대자 당황한 만주군은 도망치기 시작했다. 그러나 멀리 가지 못하고 결국 모두 항복을 하고 말았다. 독립군과 중국 연합군은 쌍성보 전투의 승리와 함께 3만 명의 군인이 석 달 동안 쓸 수 있는 많은 군수품도 빼앗았다. 승리의 함성과 기쁨의 총성이 끊이지 않았다.

"이제야 1920년 봉오동 청산리 전투의 승리를 이어가게 되었다."

독립군들은 소리를 지르면서 서로 얼싸안고 승리를 자축했다. 그러나 중국군 지도부와 회의를 마치고 돌아온 이청천 장군은 독립군 간부들을 집합시켰다. 이청천 장군은 번쩍이는 눈으로 간부들을 천천히 바라보았다. 용덕은 이청천 장군이 마치 백두산 호랑이처럼 느껴졌다. 아니 자신도 그를 닮은 호랑이가 되어 있음을 느꼈다.

"이번에 참가한 중국군은 사실 오합지졸이다. 그들은 전쟁의 승리보다는 적에게서 빼앗은 노획물에 더 관심이 많다. 그들에게 싸울 수 있는 동기를 더 줘야만 한다. 이 기세를 몰아서 우리는 일본군이 주둔하고 있는 경박호로 간다."

경박호, 그곳은 바다처럼 넓은 호수다. 그 옛날 고구려가 망하고 대조영이 발해를 세운 곳이 바로 경박호(鏡泊湖)였다. 고구려의 후손들이 세웠던 우리들의 옛 땅, 조상들의 혼이 스며 있는 땅을 더럽히는 일본군의 군홧발 자국을 지워야 한다.

1933년 2월 독립군과 중국 연합군의 긴 대열이 경박호로 향했다. 먼 옛날 대조영이 부하들을 이끌고 갔던 것처럼 용덕이 함께하는 연합군의 대열이 끝없이 이어졌다.

마침 앞서 보냈던 정탐 부대가 돌아와 경박호에는 일본군 1개 중대와 만주군 2,000여 명이 주둔하고 있음을 알렸다. 만주군은 2,000여 명이었지만 오합지졸이었다. 그들은 목숨을 걸고 싸워야 할 이유가 없었기 때문에 초기에 기세를 꺾으면 곧바로 무너졌다. 그러나 일본군은 달랐다. 국민학교 때부터, 일본도를 차고 세뇌 교육에 앞장선 일본 군국주의자들로부터 훈련받아 정신 무장이 된 그들이 아닌가? 더군다나 일본군은 우수한 무기로 무장하고 하늘과 땅에서 언제든지 지원군이 올 수 있었기 때문에 사기 또한 높았다. 그러나 만주군은 일본군처럼 집요하게 맞설 이유가 전혀 없었다. 경박호 남쪽에는 일본군이, 북쪽에는 만주군이 주둔하고 있었다.

연합군은 먼저 유리한 지형을 이용하여 만주군을 집중 공격하는 작전을 세우고 총공격에 나섰다. 독립군과 중국군은 처음부터 만주군을 무섭게 몰아붙여 순식간에 100여 명을 사살했다. 남쪽에 주둔하고 있던 일본군은 이에 놀라 도망가기에 바빴다. 한편 연합군의 기세에 눌려 경박호 북쪽에서 저항하던 만주군은 호숫가로 밀려났다. 육박전이 벌어지면서 만주군 2,000여 명이 호수로 도망치다가 연합군의 집중 사격으로 죽어 나갔다. 시체들이 떠 있는 호수는 벌겋게 물들었다. 이것이 바로 항일 무장 독립전쟁의 역사에 한 획을 그은 '경박호 대첩'이다.

용덕은 경박호 전투를 하면서 중국으로 망명을 온 보람을 느꼈다. 동지들과 함께 자신의 손으로 적을 물리치는 감격은 비행을 하던 것에 견줄 바가 아니었다. 더군다나 옛 선조들의 땅인 만주에서 승리를 했기 때문에 그 기쁨은 더욱 컸다. 중국에 온 뒤 처음으로 마음이 후련하고 통쾌함을 느꼈다.

이후 용덕과 연합군은 한동안 전투를 벌이지 않았다. 그 사이 북만주의 추운 겨울이 다가오고 있었다. 독립군과 중국군은 봄이 오기를 기다리며 각자의 본거지로 철수했다. 일본 군부는 뜻하지 않은 일련의 전투에서 속수무책으로 당한 것이 분했지만 함부로 중국군과 독립군을 공격하지 못했다. 무리한 출정은 오히려 패배로 이어지고 이것이 일본군 사기에 결정적인 영향을 끼칠 수도 있었기 때문이었다. 섬나라에서 온 일본군들의 마음을 꽁꽁 얼어 버리게 한 시베리아 벌판에서 불어오는 바람과 만주의 겨울은 연합군 편이었다.

그렇게 또 한 해가 가고 1933년 봄이 왔다. 그러나 곳곳에는 아직도 눈이 쌓여 있었고 겨우내 얼어붙었던 얼음이 그대로 남아 있었다. 용덕이 속한 독립군 부대는 다시 전투를 준비했다.

한편 경박호 전투에서 패한 빚을 한시라도 빨리 갚고 싶은 일본군도 만주군과 합세하여 복수의 칼을 갈고 있었다. 일본군은 만주군과 함께 독립군과 중국군의 연합군을 격파하기 위해서 1 개 사단을 경박호 근처에 배치했다. 그들은 연합군이 이동한다는 정보를 입수하고 한꺼번에 섬멸하려고 만반의 준비를 했다. 1933년 4월 이를 눈치 챈 독립군은 일본군과 만주군 사단을 선제 공격했다. 대규모 전쟁이기에 양쪽 모두 많은 사상자가 생겼다. 하지만 승리는 연합군 쪽이었다. 그 뒤, 일본군은 끊임없이 독립군과 크고 작은 전투를 벌였다. 그러나 이청천 사령관은 함부로 부대를 움직이지 않았다.

두 달 뒤 독립군들은 동경성(발해의 5경의 하나. 당시 이름은 상경용천부上京龍泉府로 지금의 만주 영안寧安 남방 약 40킬로미터 지점)에 총공세를 취하기로 결정했다. 발해의 고도(古都)인 동경성은 전략적 요충지이며 교통의 요지였다. 또한 이곳에는 일본군과 만주군의 식량 보급기지였다. 따라서 동경성을 점령하면 영안현을 고립시킬수 있고 아울러 일본군과 만주군의 군수 물자 보급을 차단하고 독립군의 군량을 확보하는 일석삼조의 효과가 있었다.

이청천 장군은 척후병을 동경성에 보내 내부 사정을 정탐했다. 동경성에는 만주군과 중무장한 300여 명의 일본군이 배치되어 있었다. 그 가운데 150여 명은 경박호의 보물을 훔치고 발해의 유물을 도굴하면서 산림을 남벌하는 일본군 공병대였다. 독립군과 중국군 연합군은 먼저 동경성을 포위한 뒤, 통신을 위해 설치된 전선을 절단하고 교통을 차단했다. 일본군의 증원을 요청하는 연락을 막기 위한 조치였다.

날이 어두워지자, 이청천 장군은 각 부대를 모아 놓고 결의를 다졌다.

"우리는 왜 여기에 있는가?"

이청천 장군은 이글거리는 눈빛을 한 채 소리 높게 외쳤다.

"우리는 왜 싸우는가?"

"왜놈들을 죽이기 위해서."

병사들의 목소리가 터져 나왔다.

"왜놈들을 몰아내기 위해서."

"조국을 위해서."

"우리의 자유를 위해서."

이청천 장군은 다시 외쳤다.

"그렇다. 우리의 자유를 위해서. 우리는 자유인이다."

그러자 독립군들은 외쳤다. 그 소리는 점점 커져 갔다.

"자유! 자유! 자유!"

"적의 숫자가 많은 것을 두려워하지 말라. 적의 무기가 더 강력하다고 두려워하지 말라. 정말로 우리에게 필요한 것은 싸우겠다는 의지다. 한 놈의 왜놈이라도 숨통을 끊어 놓겠다는 의지로 작전을 펼쳐 우리의 의지를 실현시키자. 알다시피 동경성은 우리 선조의 나라 발해의 옛 수도이다. 이 아름다운 고도에 저 더러운 왜놈들이 주둔하고 있다. 열렬히 싸워 반드시 탈환시켜라!"

독립군들의 함성이 만주 하늘 위로 울려 퍼졌다.

"너 살거든 독립군의 용사가 되고-"

누군가 독립군가를 선창했다. 그러자 누가 먼저랄 것도 없이 따라 부르기 시작했다.

"나 죽으면 독립군의 혼령이 됨이 동지야 너와 나의 소원 아니냐."

용덕도 큰 소리로 따라 부르기 시작했다.

"빛낼 이 너와 나로다-"

용덕은 팔을 아래위로 흔들며 독립군가를 불렀다.

"나아가-나아가 싸우려 나아가-나아가-나아가 싸우려 나아가 독립문의 자유종이 울릴 때까지 싸우려 나-아가세."

독립군의 함성이 가득했던 만주의 밤하늘을 수많은 별들이 대신했다. 적막의 어둠 속에는 살기 가득한 발자국 소리가 예리한 비수처럼 동경성을 향했다. 중국군과 독립군들은 합동 작전으로 동경성을 포위하여 공격했다. 독립군은 어둠을 가로질러 성문에 접근하여 기습 공격을 가했다. 갑작스런 공격에 성문은 쉽게 파괴되었다. 그러자 각 성문을 지키던 적군은 연합군의 총공격에 뒤로 밀려나기 시작했다. 독립군의 공격으로 적의 저지선이 뚫리면서 대열이 무너지기 시작했다. 초입에서의 저항은 늘 거셌다. 연합군은 일본군의 기관총과 건물 벽 옆 창가에서 쏘아 대는 총에 고전을 했다. 용덕은 부하들에게 지시했다.

"분대별로 맡아라. 너희는 창가를 집중 공격해라. 너희는 기관총을 맡아라. 너희는 옥상과 벽 쪽을 맡아라. 나머지 대원들은 나와 함께 정면을 돌파한다. 엄호해라"

용덕은 부하들을 이끌고 정면으로 밀고 나가며 공격했다. 적의 기관총이 무너지자 창가, 벽, 옥상 등에서 저항하던 적군이 궤멸되었다. 일본군과 만주군은 전세가 불리해지자 북문으로 도망치려 했으나 미리 숨어서 기다리던 연합군의 공격에 대부분 전멸했다. 적군의 사상자가 200여 명에 이르렀다.

용덕이 부하를 이끌고 성안에 들어서자 곳곳에 남아 있던 만주군은 모두 두 손을 들고 항복했다. 독립군과 중국 연합군은 포로들을 한곳으로 이동시켰다. 용덕은 그 광경을 뒤로하고 동경성 일대를 둘러보았다. 용덕은 동경성을 함락시킨 것이 꿈만 같았다. 일본군은 강력하게 중무장을 하고 있었지만 독립군의 기세에 쇳덩어리로 전락했다. 밤은 점점 깊어가고 있었다. 지휘부에서 간부 회의를 한다는 전갈이 왔다. 용덕은 임시 지휘소로 갔다.

"우리는 보급품이 부족해서 성을 방어할 여력이 없소."

중국군 장군이 먼저 입을 열었다.

"맞소. 안타깝지만 여기서 철수해서 일본군들의 기습 공격을 받지 않는 안전한 곳으로 이동합시다."

용덕도 동경성에 오래 있을 수 없다는 것을 잘 알고 있었다. 일본군이 대부대를 이끌고 성을 포위해서 공격해 들어오면 꼼짝없이 당할 수밖에 없었다. 연합군은 얼마 지나지 않아 동경성에서 철수했다. 연합군의 약점은 지속적으로 보급품을 지원받을 수 없다는 점이었다. 또한 오랫동안 안전하게 부대가 주둔할 곳도 마땅치 않았다. 이러한 약점 때문에 연합군은 늘 일본군의 기습을 피해 이리저리 옮겨 다녀야 했다.

1933년 5월 독립군은 동경성을 떠나 왕청현(汪淸縣)과 동녕현(東寧縣) 사이의 산속에 들어가서 지내고 있었다. 마침 첩보대가 왕청현에 주둔하고 있던 일본군 간도파견대가 조선으로 철수한다는 소식을 알려왔다. 일본군 간도파견대는 2개 보병대대와 1개 보병중대, 2개 보병포대, 각 2개 기병소대, 야포병중대, 산포병소대, 공병소대, 각 1개 무선전신반 등으로 구성되어 있었으며 항공기 4대로 구성된 비행중대의 지원을 받고 있는 정예 부대였다. 간도파견대는 독립군의 토벌 작전을 벌이는 것이 임무였는데 다른 부대와 교체하기 위해 철수하는 것이다.

이청천 장군은 독립군과 중국군 간부들을 모았다.

"우리에게 아주 좋은 기회가 왔소. 일본군 정예 부대라 할 수 있는 간도파견대를 이참에 쳐부숩시다."

"간도파견대는 악명 높은 부대요. 우리가 이들을 공격하여 승리를 거둘 수 있겠소?"

중국군 장군인 시세영(柴世榮)이 걱정스러운 표정을 지었다.

"적들은 자신들이 토벌 작전에서 커다란 성과를 거두었다고 판단해서 기고만장해 있소. 적의 오만한 태도를 역이용해 치밀하게 작전을 세운다면 승리는 우리의 것이오. 또한 간도파견대

를 궤멸시킨다면 투쟁을 하는 모든 동지들에게 큰 용기를 줄 것이오."

　독립군과 중국 연합군은 철수하는 간도파견대를 공격하기로 마음먹었다. 독립군과 중국군은 적군에게 기습 공격 작전의 효과를 높이기 위해 일부러 깊은 산악 지역을 택해 행군을 했다. 용덕의 독립군 부대는 6월이 되어서야 270여 리를 행군한 끝에 나자구(羅在溝) 근방 노모저하(老母猪河)에 이르렀다. 일본군은 나자구 주둔지에서 그들이 비축해 둔 군수 물자를 싣고 근처 민가에서 우마차를 강제로 징발하기 시작했다. 독립군 척후병은 일본군 화물 자동차의 수와 징발된 우마차의 수, 이동 노선, 출발 일시를 정탐했다. 마침 척후병으로부터 일본군 보급 부대가 대전자령(大甸子嶺) 고개를 넘어갈 것이라는 첩보가 들어왔다. 보급품이 부족하던 연합군이 반드시 공격해야 할 대상이었다. 중국군 6,000명, 독립군 2,500명의 연합군은 급히 계곡으로 갔다.

　"계곡 양쪽에 매복하는 것이 유리하다."

　독립군과 중국 연합군의 지휘부는 서로 협의하여 계곡에 숨어 있으면서 일본군들이 오기를 기다렸다. 마침내 일본군 군수 물자를 실은 부대가 다가오고 있었다.

　"일본군이 계곡에 완전히 들어오지 않으면 사격을 해서는 안 되오."

　일본군은 자신들의 무덤이 될 줄도 모른 채 계곡을 지나가고 있었다.

"탕! 탕! 탕!"

마침내 공격 신호가 울렸다. 계곡 양쪽에 숨어 있던 연합군은 일제히 사격을 시작했다. 갑작스런 공격에 일본군들은 속수무책으로 쓰러졌다. 총공격과 동시에 대세는 만반의 준비를 한 연합군 쪽으로 기울었다. 겁에 질린 일본군은 전의를 상실하고 우왕좌왕하며 어찌할 바를 몰랐다. 독립군과 중국 연합군은 계곡 양쪽을 막고 사방에서 공격을 해 댔다. 어느새 매복해 있던 연합군들이 총을 쏘며 길로 쏟아져 내려왔다. 총성이 이어지는 가운데 육박전이 벌어졌지만 수백 명밖에 되지 않는 일본군들은 힘 한 번 써 보지 못하고 한중 연합군 8,000여 명에 둘러싸인 채 한 명씩 한 명씩 죽어 나갔다. 독립군들의 시야에서 일본군들은 이미

사라지고 없었다. 전멸!

"야—!"

일본군이 전멸한 것을 확인한 연합군은 모두 함성을 질렀다. 일본군의 보급품을 실은 마차는 무려 200여 대로 박격포 10문, 소총 1,500정, 대포 3문이었다. 하지만 승리의 기쁨은 그리 오래가지 않았다.

"우리 중국군이 더 많이 참가했으니 빼앗은 보급품도 더 가져야겠소."

"그건 안 될 말이오. 이번 작전은 우리 독립군의 주도로 이루어졌소. 그러니 전리품은 50 대 50으로 나누어야 할 것이오."

"그건 인정할 수 없소. 조선독립군은 이번 전투에 우리 중국

군의 절반 정도밖에 참여하지 않았소. 그러니 우리가 더 많이 가져가야 할 것이오. 만약 그렇지 못하다면 우리는 앞으로 조선독립군과 더 이상 연합할 생각이 없소이다."

결국 독립군과 중국군은 보급품을 나눠 가지는 문제로 인해 갈라서게 되었다. 중국군이 전리품을 더 많이 가지려 하자 독립군이 거세게 항의했기 때문이다. 전리품은 양쪽 모두 꼭 필요한 물품들이었다. 서로 양보할 수 있는 처지가 아니었다. 하지만 적들 앞에서 서로 싸울 수는 없었다. 중국군과 독립군은 합의를 보지 못하고 긴장 상태를 유지하고 있었다.

"임시정부로부터 전령이 왔습니다."

전령은 경례를 붙이며 이청천 장군에게 편지를 건넸다.

"백범 선생님의 서찰입니다."

이청천은 편지를 뜯어보았다. 중국 내지로 독립군을 철수시키라는 내용이었다. 이번 전투의 여세를 몰아 일본군을 공격한다면 틀림없이 대승을 거둘 수 있다는 확신을 모두 가지고 있었다. 그러나 이청천 사령관은 다시 겨울이 오기 전에 만주를 피하는 것이 좋다고 판단했다. 이청천 사령관은 부하들을 불러 모았다.

"만주에서 겨울을 나기는 더 이상 힘들 것 같네. 게다가 백범 선생께서 우리를 관내로 들어오라고 하시네. 그곳에서 힘을 모으고 때를 기다려야 하겠네. 그리고 동지들 가운데 중국 군관학교에 지원할 사람들은 우리와 동행을 하도록 하세."

용덕을 비롯한 모든 독립군은 아쉽고 분했지만 어쩔 도리가 없었다. 죽음도 때와 장소가 있다는 걸 잘 알고 있었기 때문이다. 이청천 사령관은 김창환, 오광선, 김관오, 공진원, 그리고 최용덕 등 간부와, 독립군 가운데 중국 군관학교 지원자 39명을 데리고 만주를 떠나 중국 관내로 들어가는 긴 여행을 시작했다.

남창 항공 기지 사령관, 최용덕

　　무사히 중경(重慶)에 도착해 일행과 헤어진 용덕은 부인 호요동을 중경으로 불렀다. 용덕은 역에 나가 아내를 기다렸다. 도착 시간이 되자 기차가 굉음을 일으키며 천천히 역내로 들어왔다. 기차가 멈추고 사람들이 내리기 시작했다. 마중 나온 사람, 배웅하러 온 사람, 기차에서 내리는 사람, 타는 사람으로 역은 북적거렸다. 용덕은 눈에 익은 여자가 내리자 곧 그리로 달려갔다. 아내였다. 아내도 남편을 알아보고 환한 웃음을 지었다. 웃음 가득한 얼굴로 달려오는 아내를 보자 용덕은 전쟁터의 일들을 잊을 수 있었다. 그는 아내를 꼭 껴안았다. 아내도 남편이 무사한 것을 기뻐했다. 요동의 마음속에서는 원망과 기쁨이 교차했다.

　　"정말, 미안하오. 우리 다시는 떨어져서 살지 않도록 합시다."

　　"그러면 저야 좋지만, 당신의 뜻을 꺾고 싶지 않아요. 그런데 오늘 이후로 당신을 다시는 놓치고 싶지 않네요."

용덕은 아내와 함께 부대 근처 숙소로 향했다. 다시 험난한 생활이 시작되었다. 중경에서 용덕은 중국군 장교로 일하면서 임시정부의 일도 함께 맡았다. 중국 항공대를 오가며 임시정부에 비행대를 창설하려는 계획을 실천하기 위해서였다.

　중국에는 이미 많은 조선인 비행사들이 활동하고 있었다. 일찍 중국으로 건너와 중국군에서 맹활약을 하던 서왈보 비행사는 1928년 장가구(張家口) 근처에서 비행기 사고로 숨졌다. 세계 일주 비행을 하던 이탈리아 비행사가 몰던 비행기에서 사고를 당한 것이다. 비행기가 기기 고장으로 추락해 불에 타자 커다란 물통을 담은 트럭들이 와서 물을 뿌렸지만 불을 끄는 것은 역부족이었다. 모두들 안타깝게 서왈보 비행사가 불길 속에서 죽어 가는 것을 바라볼 수밖에 없었다.

　아깝게 죽은 비행사는 또 있었다. 김공집이라는 비행사로, 그보다 한 해 전 소련 모스크바 근교 상공에서 추락하여 숨졌다. 김공집은 무장 독립 운동가이면서 동시에 임시정부가 키운 비행사였다. 중국에서 비행 학교를 나왔지만 다시 소련으로 파견되어 모스크바비행학교를 졸업하고 그곳에서 교관으로 활약하던 중 사고를 당한 것이다.

　또 한 사람은 안창남 비행사다. 그는 일본 오구리(小栗)비행학교를 독학으로 다녔다. 그리고 최초로 우리 나라 상공을 비행한 한국인이었다. 그는 비행사로서 만족하지 않고 조선의 과학 운동에 적극 참여했다. 안창남 비행사의 모국 방문 비행으로 기술과 과학 보급화 운동이 대대적으로 시작되었다. 안창남은 서울 상공에서 1만 장의 선전물을 뿌렸다. 선전물의 내용은 과학에 힘쓰자는 것이었다. 이렇게 하여 1920년 초에 과학 보급화 운동이 시작되고 지방 순회를 하면서 계몽 운동을 벌였다. 그 후 1930년에 설립된 발명학회는 1932년부터 활기를 띠기 시작했다. 〈과학조선〉이라는 종합지를 창간하고 찰스 다윈의 기일인 4월 19일을 '과학의 날'로 정했다. 1934년 7월 5일 서울 태서관에서 100명이 모여 창립총회를 열고 윤치호를 회장으로, 이인을 부회장으로 각각 선출하고 선언문을 발표했다. 선언문은 이렇게 밝히고 있다.

> 생활의 과학화. 과학의 생활화. 이천만 조선 사람은 생활을 요구한다. 생활을 요구하기 때문에 과학을 요구한다. 현대생활은 과학이 아니고는 생활을 영위할 수 없기 때문이다.

그러나 일본은 1937년에 '과학 지식 보급회'를 '과학 보급회'로 통합, 일제의 어용 단체로 만들고 전쟁이 임박하자 경성제국대학과 과학 보급회를 전쟁 도구로 활용했다. 해방이 되고 나서도 민족 운동의 하나였던 '과학의 날' 운동은 지금까지 이어져 오고 있다.

안창남 비행사는 현실에 만족하지 않았다. 그는 조국 독립 운동을 위해 중국으로 망명을 했다. 임시정부는 그를 중국 항공대에 소개시켜 주었다. 중국 항공대의 지도자로 활동하던 안창남은 1930년 4월 중국 태원(太原) 상공에서 황사 바람을 맞고 말았다. 앞이 보이지 않은 상태에서 비행장으로 귀환하던 그는 비행기가 산 중턱에 부딪치면서 짧은 삶을 마감해야 했다.

1920년대에 비행 기술을 배운 비행사들의 시대가 가고 이제 1930년대 새로 탄생한 한인 비행사들의 시대가 오고 있었다. 하지만 최용덕, 권기옥, 이영무 등 1920년대에 탄생한 비행사들도 여전히 건재했다. 그리고 이들은 중일전쟁을 맞이하게 되었다.

중국을 정복하려던 일본의 야욕은 해가 바뀌면서 점점 노골적으로 드러나기 시작했다. 1937년 마침내 일본군은 중국군을 향해 총공세를 펼쳤다. 용덕은 전쟁이 일어나자 상부의 명령으로 남창(南昌)에 있는 항공 기지의 사령관으로 부임했다. 일본군은 만주와 상해를 동시에 공격하여 중국군을 압박했다. 하지만 중국군은 용감하게 싸우면서 저항했다. 중국 항공대 지역 사령관인 용덕도 용감하게 싸웠다. 중국 항공대는 200여 대의 전투기가 있었지만 그 가운데 전투할 수 있는 비행기는 100여 대에 불과했다. 일본군은 대량으로 전투기들을 동원하여 상해, 항주(杭州), 남경을 공격했다. 중국군은 용감하게 싸웠지만 일본군에게 차츰 밀리기 시작했다.

중국 항공대는 남경을 지키기 위해 맹렬하게 맞섰지만 힘이 부족했다. 남경이 함락되면서 중국군은 서쪽으로, 서쪽으로 밀려났다. 해가 바뀌고 용덕이 사령관으로 있던 남창 기지에도 일본군 전투기가 날아와 폭격했다. 남창 기지에는 소련 지원 항공대도 함께 주둔하고 있었다. 중소 연합 항공대는 일본군 항공대와 맞서 성능이 훨씬 우수한 일본군 비행기와 힘들게 싸웠다. 하지만 결코 그냥 주저앉지는 않았다.

시간이 흐를수록 중국 항공대의 전투기와 비행사는 얼마 남지 않게 되었다. 노련한 고참 조종사들은 하나 둘 출격한 뒤 돌아오지 않았다. 용덕은 불리해진 전황을 상부에 보고했다.

"현재 우리 전투기는 일본군을 맞서 싸우기에는 역부족입니다. 그러니 후퇴하여 전열을 가다듬을 필요가 있습니다."

그러자 상부에서 철수하라는 명령이 떨어졌다. 중국 항공대도 중경, 곤명, 사천(四川) 등지로 옮겨 갔다. 남경은 일본군들의 수중에 들어갔다. 일본군은 중국군의 거센 저항에 약이 오를 대로 올라 있었다. 남경을 점령하면서 일본군은 사람들을 닥치는 대로 잔혹하게 죽였다. 민간인들을 잡아서 줄 세워 놓고 전투기로 기총 소사를 하여 죽이기도 하고 죽창으로 찔러 죽이기도 했으며, 머리 자르기 시합을 하며 살인을 즐겼다. 또 구덩이에 생매장을 하기도 했다. 그렇게 남경에서 죽어간 사람이 30여만 명이었다. 여기에는 노인, 여자, 어린아이들도 포함되어 있었다. 인류 역사상 가장 잔혹한 일본군들의 만행인 '남경 대학살' 사건이 일어난 것이다.

전쟁은 이제 장기전으로 들어가고 있었다. 용덕은 중국 항공대 사령관으로서 속수무책으로 당하는 모습이 가슴 아팠다. 그

러나 그런 가운데에서도 기쁜 일은 있었다. 중경에 있던 용덕의 부인 호요동이 딸(최보욱)을 낳았기 때문이다. 그는 딸을 위해서라도 이번 전쟁을 반드시 승리로 이끌어야 한다고 다짐했다.

'독립군 공군'을 만들자

우리 나라에서 독립군에 공군이 필요하다고 생각했던 사람은 곽임대라는 독립투사였다. 그는 1910년대 일본도 아직 항공대가 없던 때에 독립군에 공군 창설이 필요하다고 생각했던 선각자였다.

'우리가 만일 공군을 양성한다면 장래에 독립 운동에서 공중전을 할 수 있다.'

이러한 생각은 노백린의 생각과 일치했다.

'앞으로의 전쟁 승리는 하늘을 지배하는 자에게 있다.'

노백린은 공중전을 염두에 두고 효과적인 독립 운동을 하기 위해서 비행사를 양성하는 비행 학교를 창설하자고 주장했다. 도산 안창호 선생 또한 상해 임시정부에서 활동하면서 비행대를 만들려고, 비행기 구입에 많은 노력을 했다. 비행기로 수많은 독립 단체들과 신속한 연락을 취하기 위한 것이었다. 또한 삼일운동이 실패한 뒤 비행기로 조선의 하늘을 날면서 전단지를 뿌려 다시 삼일운동을 일으키려고 했다. 임시정부의 김구 선생도 안창호 선생의 뒤를 이어 비행대를 만들려고 꾸준히 노력했다.

중일전쟁이 한창이던 1940년 전후 용덕은 중국 항공대의 지도자로 있으면서 임시정부 공군설계위원회의 주임으로 활약했다. 후배 비행사들은 이미 중국 항공대에서 많은 전과를 올리고 있었다. 전상국은 폭격기 조종사로 김은제 등은 전투기 조종사로 무공을 세우고 전사했지만 뒤를 이어 많은 조선인 비행사들은 계속 항공대에 들어왔다.

김구는 임시정부에 항공대가 있어야 한다고 주장했다. 한발 더 나아가 한국인 비행사가 연합군 항공대에 참가하여 싸워야 한다고 생각했다. 그 이유는 한국이 연합군 지위를 얻어야 승전국으로서 일본에게 식민지 침탈의 책임을 물을 수 있기 때문이었다. 하지만 강대국들은 한국 임시정부의 뜻을 받아주지 않았다.

임시정부의 비행대 창설 계획은 뜻대로 이루어지지 않았다. 그러나 김구는 비행대 창설에 대한 노력을 포기하지 않았다. 그리고 연합국과 어깨를 나란히 하여 싸우고자 1942년 12월 29일에 태평양전쟁 1주년 선언서를 발표했다.

우리 한국인들은 수천 년 간 아시아 대륙에서 일본으로 문화를 전파하는 역할을 했습니다. 한국인들은 수십 년 동안 일본의 압제에 대항한 혁명적 투쟁을 중단한 일이 없습니다. 그리고 이러한 경험을 통해 우리의 조직력, 정치적 기술, 과학적 지식은 엄청나게 진보했습니다. 우리는 대한민국이 민족의 독립을 회복하고 가장 진보적인 민주적 질서를 수립할 수 있으며, 현대 시대의 요구에 부응하며 태평양과 세계 전체의 항구적 평화 기여를 할 수 있다고 확신합니다. 현재 우리가 처한 환경은 매우 어렵습니다. 비록 수만 명의 병력을 지니고는 있지만 아직 국제연합으로부터 어떤 정치적 승인이나 군사적 원조도 받지 못했습니다. 하지만 지금의 기회를 계기로 우리는 태평양전쟁에서 대한민국이 차지하는 지위가 얼마나 중요한가를 강조하고자 합니다.

김구 선생의 선언서는 민족적 자부심이 얼마나 강한가를 여실히 보여 주었고, 독립에 대한 흔들림 없는 확고한 마음을 내외에 알렸다. 또한 연합군 일원으로 참가하여 후일 대한민국의 독립에 대한 확실한 담보를 확보하려는 강한 의지를 보였다. 지상군은 물론이고 비행사들을 통한 연합군 공군으로의 참여는 김구와 광복군의 간절한 소망이었다.

임시정부에서 김구가 노력하는 동안 용덕은 임시정부 광복군에 비행대가 창설될 수 있도록 여기저기 뛰어다니면서 노력했다. 그러나 임시정부에 공군을 만드는 일은 생각처럼 쉽지가 않았다.

전쟁이 소강상태가 지속되고 있던 중 1943년 용덕은 중국군

의 일원으로 소련에 파견되었다. 소련에서 개발한 헬리콥터 조종술을 배우기 위해서였다. 그는 모스크바 근교에서 헬리콥터 조종을 배우다가 헬리콥터가 추락하는 사고를 당했다. 다행스럽게도 목숨은 건졌지만 또 다시 다리가 부러지는 중상을 당하고 말았다. 비행을 하다가 당한 세 번째 사고였다. 이 사고로 용덕은 평생 다리를 절게 되었다. 용덕이 소련에서 헬리콥터 조종술을 배우고 다시 중국군에 복귀했다.

2차 세계대전은 막바지로 치달았다. 태평양전쟁을 일으킨 일본은 동남아 전선에서 연합군과 미군에게 연일 패하면서 옥쇄 작전으로 맞섰다. 그러자 미국은 중대 결심을 하게 되었다. 그것은 바로 원자 폭탄의 사용이었다. 미국 대통령은 고심 끝에 드디어 원자 폭탄 사용을 승인했다. 1945년 8월 14일 미국의 B-29 폭격기가 '리틀 보이'라고 이름 붙여진 원자 폭탄을 싣고 일본 열도를 향해 날아갔다. 원자 폭탄은 인류 역사상 가장 강력한 폭탄으로 한 도시를 잿더미로 만드는 위력을 가지고 있었다.

미국 본토를 이륙한 미국 전폭기는 무기고의 문을 열고 원자 폭탄을 떨어뜨렸다. 그리고 유유히 본국을 향해 날아갔다. 마침내 며칠 간격으로 히로시마와 나가사키에 원자 폭탄이 떨어진 것이다.

"꽝-!"

"꽝-!"

원자 폭탄이 터지면서 두 도시에는 거대한 연기 기둥이 하늘

높이 솟아올랐다. 모든 건물이 폭발로 사라지고 도시는 허허벌
판으로 변했다. 두 도시에 사는 사람들은 모두 죽음을 당하고 분
진으로 인해 인근 도시의 많은 사람들이 원자병에 걸렸다.

이에 놀란 히로히토 일본 왕은 떨리는 목소리로 무조건 항복
을 선언했다. 마침내 청일전쟁과 러일전쟁으로 시작한 일본의
아시아 침략 야욕은 수십 년이 지나고 나서야 무조건 항복으로
끝이 나고 말았다. 일본은 무장 해제를 당하고 본국으로 돌아가
야 했다. 미국, 소련, 중국, 그리고 한국인 비행사를 모두 합해
3,300여 명의 조종사의 목숨과 수천 명의 일본군 조종사의 목숨
이 황사처럼 사라지고 나서야 중일전쟁도 끝났다. 용덕은 그 잔
인한 시간들 속에서 처연하게 사라진 조선인 비행사들의 얼굴을
하나씩 떠올렸다.

그렇게 그리던 조국의 해방이 찾아왔지만 용덕은 바로 귀국
하지 않았다. 그는 자랑스러운 독립군의 전사이면서 중화민국
공군의 지도자였기 때문이다. 그는 장개석 총통과 절친한 사이
로 총통의 전용기를 직접 몰기도 했다. 전쟁이 끝나자 장개석 총
통이 용덕을 불렀다.

"이제 전쟁도 끝났소. 새 시대를 위해, 새 중국을 위해 우리
항공대를 맡아 주시오."

용덕은 장개석의 청을 듣고 진지하게 말했다.

"중국 항공대는 내 인생에서 정말 소중한 곳입니다. 내 꿈을
펼쳐준 곳이니까요. 하지만 나에겐 조국이 있습니다. 조국으로

돌아가야 합니다. 내 꿈이란 것도 결국 조국을 되찾고자 한 것이니까요. 나 역시 새 조국 건설에 한줌의 흙이 되고자 합니다. 정말 총통님과의 우정은 깊이 간직하겠습니다."

장개석은 아쉬워했다.

"아쉽고 섭섭하군요. 하지만 마음이 변하면 언제든지 돌아오시오. 언제나 장군을 기다리겠소."

용덕은 조국으로 돌아갈 날을 손꼽아 기다렸다. 그러나 용덕의 아내인 요동은 생각이 달랐다. 자신은 중국에 남고 싶었다. 물설고 낯선 남편의 조국에, 더군다나 말도 통하지 않는 조선으로 간다는 것이 내키지 않았기 때문이다.

그런 마음을 읽었는지 저녁밥을 먹다 말고 용덕은 아내의 손을 잡았다.

"낯선 곳으로 가야 하는 당신의 마음 다 알고 있소. 그러나 어찌하겠소. 나는 조국으로 돌아가 해야 할 일이 많이 남아 있고 당신과 떨어져서도 살 수 없소이다. 그러니 당신이 날 이해해 주구려."

용덕은 아내의 손을 살며시 잡았다.

"……!"

요동은 대답 대신 고개를 끄덕였다. 남편의 나라도 자신의 조국이라는 생각에 남편의 선택을 받아들이고 따르기로 했다.

"당신의 나라는 제 나라이기도 해요. 하지만 한국에는 아는 사람이 한 사람도 없어요. 그러니 저를 변함없이 사랑해 주세요."

"당연하지. 당신은 나에게 둘도 없이 소중한 사람이오. 걱정하지 말아요."

용덕은 맨손으로 중국 대륙으로 건너가 조국을 위해 한목숨 던진다고 결의했을 때가 생각났다. 끝이 없이 펼쳐진 어두운 사막을 걸으면서 조국의 독립을 위해 온몸을 바치리라 생각했었다. 그것은 더 넓은 세계로 나가 우뚝 서기 위한 몸부림이었다. 그는 석양이 지는 들판에서 노을을 바라보았다. 해가 지고 있는 비행장 너머로 어둠이 몰려왔다. 예나 지금이나 하늘은 여전히 아름다웠다. 드넓은 대륙의 하늘을 비행하며 지내던 30여 년의 시간이 주마등처럼 스쳐 갔다. 남의 나라에서 죽어간 조선인 비행사들의 목소리가 들리는 듯했다. 이제는 먼저 죽어간 조선인 비행사들의 넋을 안고 조국으로 돌아가게 되었다. 독립 운동을 하다가 죽어간 동지들 생각에 눈물이 흘렀다.

"동지들이 해방된 조국을 봤어야 하는데."

"독립 운동을 하다가 숨진 투사들은 밤하늘의 별보다도 많다."

이은상 시인의 말이 생각났다. 이제 그들이 별이 되어 해방된 조국을 내려다보고 있는 것이다.

⭐ 조국의 품으로 돌아오다

  1945년 8월 15일, 일본이 항복한 뒤 용덕은 중국 항공대에서
제대했다. 그는 아내와 딸을 데리고 북경으로 갔다. 북경에서 독
립 운동을 하던 투사들과 함께 조국으로 돌아가기 위해서였다.
1913년 중국으로 망명하여 정착한 곳이 북경이었다. 그로부터
32년이란 세월이 흐른 것이다. 용덕이 조국으로 돌아갈 준비를
하자 아내인 요동의 얼굴은 어두운 빛으로 가득했다. 한 번도 가
보지 않은 남편의 조국은 말도 통하지 않고 아는 이 하나도 없는
머나먼 타국이었다. 아내의 마음을 아는지 용덕이 불쑥 한 가지
제안을 했다.

  "당신 이름을 바꿔 볼 생각 없소?"

  "갑자기 그게 무슨 말씀이에요?"

  "아, 이제 남편의 조국이 당신을 지켜준다는 뜻에서 당신의
이름을 바꿔 주고 싶소."

"좋은 생각이네요. 그럼 생각해 두신 것이 있나요?"

남편의 뜬금없는 제안에 호요동의 마음도 한결 밝아지는 것 같았다.

"음, '용국'이라는 이름 어떻소? 나라를 지킨다는 뜻이오."

호요동은 밝은 웃음을 지으면서 고개를 끄덕였다.

"당신한테는 오직 나라 생각밖에는 없나 봐요."

"그렇게 느꼈다면 미안하오. 나라 잃은 민족의 설움을 당신도 잘 알지 않소. 그러나 당신과 함께한 날부터 조국과 당신, 그리고 딸은 꼭같이 소중한 존재라오."

용덕은 아내의 손을 꼭 잡아 주었다. 그러자 요동은 남편의 품에 안겼다.

"고마워요. 제 생각이 너무 좁았어요. 타국에 가서 살아야 한다는 두려움이 마음을 짓눌렀지만 이제는 이겨 낼 자신이 생겼어요."

용덕은 사랑스런 아내를 꼭 껴안아 주었다.

해방이 된 이듬해인 1946년 용덕은 가족과 함께 조국으로 향했다. 용덕은 중국을 떠나면서 '나라를 지키는 간성(干城)의 한낱 조약돌이 되리라'고 다짐했었다. 그가 서울로 돌아왔을 때 이미 해외에서 활동한 많은 비행사들과 항공인들이 돌아와 있었다. 그리고 국내에 있던 많은 지식인들이 아서원이라는 곳에서 중국에서 활약하고 돌아온 용덕 등 독립군 비행사들의 환영회를 마련해 주었다.

"이제 우리도 항공대를 만들어 조국의 하늘을 지키는 데 힘을 모아야 할 것입니다."

"옳소!"

"당연히 항공대를 조직해야지요."

용덕을 비롯해 아서원에 모인 모든 사람들은 통일된 항공 단체를 결성하기로 했다. 그리고 1946년 8월 10일 서울 종로구 YMCA에서 '한국항공건설협회 창립총회'를 개최했다.

"오늘 우리는 우리 나라의 하늘을 지키고 항공인들의 힘을 모을 수 있는 회장을 선출하고자 합니다. 추천할 만한 분이 있으면 추천해 주십시오."

"최용덕 동지를 추천합니다. 중국에서 무장 독립 운동과 중국 항공군을 이끈 최용덕 동지야말로 조선의 모든 항공인들을 이끌 인물이라고 생각합니다."

"저도 동감입니다."

"저도 재청이오."

이날 모인 항공인들은 만장일치로 한국항공건설협회장으로 용덕을 추대했다.

"미력한 저를 추천해 주신 여러분께 감사를 드립니다. 아울러 우리 나라의 모든 항공인들이 함께 힘을 모아 조국 건설에 이바지하도록 열과 성을 다해 노력할 것을 다짐합니다."

한국항공건설협회장이 된 용덕은 일부 항공인들과 함께 미군정 당국과 끈질기게 대화했다.

백의종군으로 대한민국 공군을 창설하다

　꿈에 그리던 조국으로 돌아오긴 했지만 민족의 불행은 계속되었다. 북에는 소련군이, 남에는 미군이 주둔하여 조국이 남북으로 갈라진 것이다.

　남한에는 일제 강점기 때 활약하던 항공인들 500여 명이 있었다. 이 가운데 비행 경험이 있던 사람은 최용덕 등 100여 명이었다. 그러나 비행 시간이 2,000시간이 넘는 비행사는 최용덕, 이영무, 장덕창, 김정렬, 장성환 등이었다. 용덕을 비롯한 항공인들은 대한민국에 공군을 창군하려고 노력했다.

　그는 이때부터 해외 각지에서 활약한 모든 항공인들, 일본군 출신 조종사들이나 일본 육사항공학교 출신들도 포용하고 공군 건설을 향한 단결을 강조했다. 그 과정은 순탄치만은 않았다. 그러나 용덕의 노력으로 많은 항공인들이 뜻을 하나로 합치기로 약속을 했다.

용덕의 마음을 초조하게 만든 것은 따로 있었다. 소련군이 진주한 북쪽에서는 벌써 북한군항공대가 최신 전투기로 무장하고 있다는 소식이 들려왔기 때문이다. 용덕의 마음은 초조했지만 그렇다고 서두른다고 될 일도 아니었다. 미군정의 지배 아래에서는 미군의 도움이 절대로 필요했기 때문이다. 설사 미군으로부터 항공기의 원조를 받더라도 이것을 제대로 이용하려면 먼저 항공대 조직을 잘 정리해 놓아야 했기 때문이다.

"지금은 우리의 하늘을 지키는 공군을 먼저 만들어야 합니다. 지금이 바로 우리 공군이 터를 찾는 시기지요. 매로 치면 태어난 지 1년이 채 안 돼 잘 날지 못하는 '육지니'와 같습니다. 터를 잘 찾아 활주로를 잘 만들어야 비행기가 안전하게 이륙과 착륙을 할 수 있는 것입니다."

용덕은 함께 일하는 사람들에게 힘을 북돋워 주었다. 그리고 마침내 용덕의 노력이 서서히 결실을 맺게 되었다. 1948년 5월 5일 수색에 항공 부대를 만들게 된 것이다. 이 항공 부대가 탄생한 것은 해방 이후 용덕뿐만 아니라 항공계 모든 사람들이 한마음으로 뜻을 모아 단결했기에 가능했던 것이다.

그러나 미군정은 육군에 항공대를 설치하는 것만 인정하고 그 이상을 허락하지 않았다. 뿐만 아니라, 육군 항공대에 용덕을 비롯한 비행사들이 장교로 임관하는 것도 허락하지 않았다. 더군다나 베테랑 조종사라 할지라도 모두 일반 병사로 입대하는 조건을 달았다. 용덕과 같이 많은 경험을 가진 조종사는 미국 공군에도 흔치 않았다. 이러한 미군정의 행태를 안 많은 사람들이 화를 냈다.

"미군이 감히 최용덕 장군님을 몰라보다니. 중일전쟁을 승리로 이끈 중국 항공대의 장군을 이렇게 무시할 수 있는 겁니까? 절대로 그들이 하라는 대로 하면 안 됩니다."

미군정의 행동은 안하무인 그 자체였다. 단지 누구 한 사람을 무시해서가 아니라 정복자처럼 행동했기 때문이다.

이에 용덕은 깊은 생각에 잠겼다. 지금은 스스로의 힘으로 공군을 창설하는 것이 급했다. 더군다나 북쪽에는 소련군의 지원을 받아 항공대가 창설되었기 때문이다. 용덕은 동료 비행사들을 불러 모았다. 자리에 참석한 사람은 이영무, 장덕창, 박범집, 김정렬, 이근석, 김영환 등이었다.

"미군정의 행동에 대해 여러분들이 분개하는 심정 이해하고도 남습니다. 저도 미군들의 생각을 이해하지 못합니다. 그러나 지금 우리가 선택할 여지가 하나도 없습니다. 저들이 칼자루를 쥐고 있기 때문입니다. 그래서 많은 생각 끝에 저들의 요구를 들어 주는 것이 순서라고 생각했습니다. 이순신 장군도 백의종군을 두 번인가 하지 않았습니까? 우리 나라의 장래를 생각해서 저들이 하라는 대로 합시다. 한 달이면 되니 우리 모두 한 번만 참아 봅시다."

제일 나이가 많은 용덕의 말을 아무도 거절하지 못했다. 용덕과 함께 모임을 가진 사람들은 1948년 4월 1일 미군의 요구 조건대로 조선경비대 보병학교에 입교를 했다. 그리고 한 달간 병사들과 똑같은 훈련을 받았다. 쉰 살의 늦은 나이에 훈련을 받는 것은 쉬운 일이 아니었다. 더군다나 중국항공군 부참모장(계급 준장)까지 지낸 그가 일반 병사들과 함께 훈련받는다는 것은 자존심이 걸린 일이었다. 용덕이 아니었다면 쉽게 결정할 수 없는 일이었다.

훈련소에서 훈련이 모두 끝난 5월 14일 용덕을 비롯한 7명은 육군 소위로 임관됐다. 그리고 5월 5일 조선경비대 항공 부대에서 근무를 시작했다. 7월에는 항공병들이 입대했다.

1948년 8월 15일 대한민국 정부가 수립되자 항공 부대는 대한민국 육군 항공대로 편제가 바뀌었다. 용덕은 대위로 진급을 했으나 얼마 후에 국방부 차관에 임명되었다.

또한 용덕과 항공대에게 기쁜 소식이 전해졌다. 미군정에서 L-4형 연락기를 주겠다는 소식이었다. 용덕은 국방부 차관이 된 것보다 국군이 비행기를 갖게 된 것을 더 좋아했다. 그리고 마침내 1948년 9월 5일 육군 항공대는 미군으로부터 L-4형 연락기 10대를 받았다. 용덕은 이제 육군 항공대가 아닌 대한민국 공군으로 자리매김하는 것이 중요하다고 생각했다. 육군과 공군은 전쟁이 일어나면 하는 일이 다를 뿐만 아니라 지휘 체계나 군인들의 훈련 방법도 달리해야 했기 때문이다. 그것은 중국 항공대를 경험한 용덕의 결론이었다. 현대 전쟁은 공군이 주도할수록 효과적이며, 아군의 피해를 최소화하면서 전쟁을 끝낼 수 있다는 걸 몸소 체험한 끝에 나온 소신이었다.

"이제 우리 나라도 독자적인 공군을 만들어야 합니다."

"대한민국에 공군이 창설되는 것을 미군이 도와주십시오."

용덕과 항공대 간부들은 항공대를 육군으로부터 독립시키기 위해 이승만 대통령에게 건의도 하고 미국 군사 고문단 측과도 교섭을 벌였다.

그러나 미국 군사 고문단은 미국 항공대도 육군에서 분리되는 데 만 1년이 소요되었다는 이유로 육군 항공 사령부가 육군에서 독립하는 것을 반대했다. 또한 그들은 한국이 스스로 공군을 유지할 경제력도 없고 기술적 지원을 제공할 인원조차 없다는 이유를 들었다.

미군들의 그런 생각과 달리 이승만 대통령은 용덕과 같은 마음이었다. 그래서 제헌의회에서 공군의 독립을 위해 법을 제정하고 외교 활동도 벌여 나갔다. 국회 국방위원회에서 활약하던 권기옥 비행사도 의원들과 미군들을 설득해 나갔다. 이렇게 많은 사람들의 의지와 노력으로 마침내 1949년 10월 1일 14대의 연락기를 가진 항공 부대를 육군으로부터 분리시켜 독립된 공군을 만들었다. '대한민국 공군'이 탄생하는 순간이었다.

손원일 제독이 앞장서서 대한민국 해군을 독립시켜 만든 것처럼 용덕과 항공인들도 맨손으로 공군을 만들게 된 것이다.

손원일 제독은 해군을 창설하면서 병사들의 신상 카드에 본

적을 쓰지 말고 현 주소만 쓰게 했다고 한다. 손원일 제독의 아버지 손정도는 아들에게 이렇게 말했다.

"우리 나라가 잘 되려면 지방색을 가르는 당파 싸움을 하지 말아야 한다. 좁은 나라에서 한 핏줄끼리 남도니, 북도니, 호남이니, 영남이니 하며 네 갈래, 열 갈래로 갈라져 싸움이나 하고……. 나라를 빼앗기고도 아직도 정신을 못 차리고 있구나."

손원일 제독은 아버지 생각처럼 민족의 통합을 위해 출신지를 구별하지 말고 한마음, 한겨레로 뭉쳐야 한다고 생각했다. 새로운 조국의 군대를 만드는 과정에서 지도자들은 단결과 통합을 위해 걸림돌이 되는 것들을 걷어 내야만 했다.

용덕도 손원일 제독과 마찬가지로 분열을 극복하고 통합하는 데 최선을 다했다. 이것이 자기에게 주어진 '운명 같은' 역할을 해내기 위함이었다.

용덕이 정치인의 길을 가지 않고 군인의 길을 걸은 것은 두 가지 소신 때문이었다. 하나는 중국 공군에서 얻은 경험을 토대로 조국을 위한 자신의 꿈을 실현해 나가고자 함이었고 또 하나는 임시정부 광복군 출신으로서 국군의 정통성을 수호하고 맥을 이어가고자 함이었다.

대한제국 무관 학교 출신들은 독립군을 이끌어 가는 지도자들이었다. 이들의 정신을 이어받은 용덕과 같은 세대의 독립군 출신들이 임시정부 광복군으로 활동하다가 해방이 되어 대한민국 국군의 지도자들이 된 것이다.

공군이 창설되면서 병력의 수도 1,616명으로 대폭 늘어났다. 1950년 한국전쟁이 일어났을 때는 장교가 242명, 하사관이 1,655명으로, 모두 1,897명이 되었다. 용덕은 사관학교도 만들고 비행단도 만들며 이 시기를 '터 닦는 시기'로 생각했다.

용덕과 공군 간부들은 전투기를 확보하기 위해 많은 노력을 했다. 조종사들의 훈련도 강화했다. 그러나 미군이 도와주질 않아 연락기만으로 공군을 꾸려 가야 했다.

1948년 미국으로부터 인수한 연락기 20대 중 여러 대가 망가져서 사용할 수가 없었다. 뿐만 아니라 2대가 비행 도중에 실종되어 남아 있는 비행기는 L-4형 8대, L-5형 4대, T-6 10대로 총 22대에 불과했다. 용덕은 이때를 공군이 '자라나는 시기'라고 생각했다. 또한 초보적인 비행기로 훈련하던 짧은 기간을 '배우는 시기'라고 해석했다.

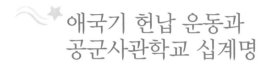

애국기 헌납 운동과
공군사관학교 십계명

공군이 창설되고 조종사들의 교육이 실시되었지만 문제는 여전히 비행기였다. 공군이 독자적으로 임무를 수행하기 위해서는 연락기뿐만 아니라 훈련기, 수송기, 폭격기, 전투기 등을 가지고 있어야 했다. 이에 용덕은 정부와 함께 전투기를 지원해 줄 것을 요청했다. 그러나 미국은 북한을 자극한다 하여 비행기의 지원에 소극적이었다. 그래서 나온 대책이 바로 '애국기 헌납 운동'이었다. 대한민국의 하늘을 지키는 공군이 제대로 된 비행기가 없다는 소식을 알게 된 국민들은 모금 활동에 적극적으로 참여했다.

'대한민국 공군의 비행기를 우리의 손으로 마련하자.'

모두가 한마음이 되어 적은 돈이나마 성금으로 내놓았다. 국민의 절대적인 호응으로 모금액은 처음 목표했던 2억 원을 넘어

3억5,000만 원이 되었다. 이렇게 국민이 낸 성금으로 공군은 1950년 3월 캐나다제 AT-6형 항공기를 계약했다. 이제 공군 조종사들을 스스로의 힘으로 훈련시킬 수 있게 된 것이다. 드디어 1950년 5월 14일 10대가 도입되었다. 용덕에게는 가슴 벅차고 매우 뜻 깊은 날이었다.

용덕은 비행기가 도입되는 날, 국방부 차관직을 사임하고 공군사관학교 교장으로 자리로 옮겼다. 국방부 차관직을 사임하자 많은 사람들이 그를 찾아왔다.

"장군님께서는 수많은 어려움을 극복하고 여기까지 오셨습니다. 이제 정치를 하셔도 잘하실 것으로 봅니다. 제발 이 혼란스러운 나라를 바로잡아 주십시오."

사람들은 국회의원도 되고, 대통령도 되라고 말했지만 용덕은 고개를 저었다.

"난 정치인이 될 자격이 없어요. 그리고 정치인이 될 마음도 없습니다. 정치는 아무나 하는 게 아닙니다. 나는 15살에 망명을 하면서 군인으로 살겠노라고 다짐했던 사람이오. 그리고 비행사가 되어 중국 대륙에서 수십 년을 군인의 길만 걸어왔소. 그동안 수많은 전투에서 동지들을 잃었소. 나는 그들의 영혼을 위해서라도 남은 생을 군인으로서 마무리해야 하오. 내가 있어야 할 곳은 바로 대한민국 공군이오. 그리고 중요한 것은 누가 지도자가되든지 우리 민족이 단결해야 한다는 것이오. 우리가 단결하지 않는다면 또 침략자들에게 당하게 될 것이오."

그 뒤에도 많은 사람들이 국회의원에 출마하라고 부추겼지만 용덕은 흔들리지 않았다. 용덕은 제대로 된 공군을 만드는 일에만 신경을 썼다. 북한이 소련으로부터 많은 전투기를 받은 것을 그는 걱정했다. 한쪽의 힘이 세지면 전쟁이 일어날 수도 있기 때문이다.

그나마 이제 공군사관학교의 생도들은 국민이 마련해 준 훈련기로 조종 훈련을 받을 수 있게 된 것이다. 그날은 일제 강점기, 일본 비행기가 유린하던 조국의 하늘에 태극 마크를 단 비행기들이 시범 비행을 하는 광경을 볼 수 있게 된 감격스러운 날이었다. 이날 여의도 기지에서 AT-6기에 대한 명명식을 가졌다. 이승만 대통령도 참석하고 시민들도 여의도 기지로 꾸역꾸역 모여들었다. 용덕은 태극 마크를 단 비행기들과 모여드는 사람들을 보면서 감격했다. 이것이 해방된 조국의 참모습이 아니고 무엇이랴! 태극 마크를 단 비행기들이 가슴을 울리는 엔진 소리와 함께 하나 둘 땅을 박차고 푸른 하늘로 날아오르자 용덕은 감격의 눈물을 흘렸다.

그는 안창남 비행사가 첫 모국 방문 비행을 마치고 남긴 감격의 글이 생각났다.

경성의 하늘! 경성의 하늘![1]
내가 어떻게 몹시 그리워했는지 모르는 경성의 하늘! 이 하

---

1) 〈개벽〉 1923년 1월호에 실린 '空中에서 본 京城과 仁川'.

늘에 내 몸을 날릴 때 내 몸은 그저 심한 감격에 떨릴 뿐이었습니다.

경성이 아무리 작은 시가라 합시다. 아무리 보잘것없는 도시라 합시다. 그러나 내 고국의 서울이 아닙니까. 우리의 도시가 아닙니까.

장차 크게 넓게 할 수 있는 우리의 도시, 또 그리할 사람이 움직이고 자라고 있는 이 경성 그 하늘에 비행기가 나르기는 결코 1, 2차가 아니었을 것이나 그 비행은 우리에게 대한 어떤 의미로의 모욕, 아니면 어떤 자는 일종 위협의 의미까지를 띤 것이었습니다.

그랬더니 이번에 잘하나 못하나 우리끼리가 기뻐하고 우리끼리가 반가워하는 중에 우리끼리의 한몸으로 내가 날을 수 있게 된 것을 나는 더할 수 없이 유쾌히 생각하였습니다.

용덕은 하늘을 나는 비행기를 보면서 언젠가는 우리 손으로 전투기를 만들 꿈에 부풀었다.

'저런 비행기를 우리 손으로 직접 만드는 날이 올 것이다.'

이날 서울 상공을 편대 비행하는 AT-6기를 본 이승만 대통령은 말했다.

"이 비행기 10대는 전국의 동포가 자기 주머니를 털어서 산 것이므로 각 도를 대표해서 이름을 지어 비행기를 사는 데 희생적인 공헌을 한 사람들의 정신과 애국심을 표시하게 할 것입니다."

그리고 10대의 비행기에 공군을 새롭게 세운다는 의미에서

'건국기'라는 고유의 이름을 붙였다. 그리고 그 뒤에 각 도를 상징하는 이름을 붙였다.

건국기 제1호는 교통 제1호.
건국기 제2호는 전남학도 제1호.
건국기 제3호는 전북학도 제1호.
건국기 제4호는 전매 제1호.
건국기 제5호는 충남 제1호.
건국기 제6호는 체신 제1호.
건국기 제7호는 국민 제1호.
건국기 제8호는 농민 제1호.
건국기 제9호는 남전 제1호.
건국기 제10호는 경북 제1호.

비행기 명명식에는 조국의 발전과 국민들의 단결을 꿈꾸는 마음이 고스란히 담겨 있었다. 용덕은 자신이 중국 대륙에서 떠돌던 수십 년의 세월이 하룻밤의 꿈처럼 다가왔다. 이 순간의 감격은 자신이 고생했던 나날들을 보상해 주고도 남았던 것이다.

이와 같이 많은 어려움을 극복하고 마련한 AT-6 건국기는 1950년 7월에 F-51 전투기가 한국 공군에 들여오기까지 전투기 겸 조종사 훈련기로 사용되었다. 그리고 1962년 12월 1일에 퇴역할 때까지 588명의 조종사를 양성한 항공기가 되었다

그러나 애국기 헌납 운동의 보람과 감격도 잠시, 최용덕 장군

과 공군이 우려했던 일은 현실로 나타났다. 6·25 전쟁이 일어
난 것이다. 1950년 6월 25일 새벽 4시 북한이 전쟁을 일으켰
다. 용덕은 전쟁이 일어나기 전에도 북한이 공군을 강화하는 것
을 걱정했다. 그래서 만약을 대비해 전투기 확보에 노력했던 것
이다. 그러나 불행하게도 북한을 자극한다는 이유로 미국이 거
절해 대한민국 공군은 전투기 하나 없이 한국전쟁을 맞이한 것
이다.

한국전쟁이 일어나자 용덕은 김포 지구 사령관으로서 김포
지구에 있던 공군의 모든 부대를 통합했다. 그러면서 공군 전투
력을 키우고자 노력했지만 순식간에 남쪽으로 밀고 내려온 북한
군의 기습 공격에는 역부족이었다. 전투기는커녕 쏘울 소총도
마땅치 않았다.

"인민군들이 일제히 삼팔선을 넘어 탱크를 앞세우고 쳐들어
오고 있답니다. 이미 육군의 방어선은 무너졌습니다."

부관이 다급하게 용덕에게 보고했다.

"모두 무장시키고 부대를 사수하라고 하게. 정찰병들을 부대
근처 산으로 보내게."

용덕은 공군 여의도 기지를 사수할 방법을 찾기 위해 골몰했
다. 중일전쟁 때에는 일본 폭격기들이 기지를 수없이 폭격할 때
도 버티던 그였다. 용덕은 적과 마주치는 그곳이 자신이 죽을 곳
이라고 여겼다.

그러나 참모들 생각은 달랐다. 이 싸움은 질 것이 너무나도

명백했기 때문에 맞서 싸우는 것은 자살 행위라고 생각했다. 그들은 최용덕 사령관을 모시고 후퇴할 방도를 생각했다.

"며칠 후면 우리 부대도 적에게 포위된다. 싸울 무기도 없으니 포위되기 전에 여기서 사령관님을 모시고 빠져나가야 한다."

그들은 전선에서 벌어지는 위험한 상황을 시시각각으로 합동 참모부에 알렸다. 드디어 합동 참모부에서 후퇴 명령을 내렸다. 참모들은 사령관실로 달려갔다. 그러나 용덕은 보이지 않았다. 그는 부하들과 함께 적을 정찰하러 인근 산에 간 것이다. 참모들은 용덕이 진지를 구축하기 위해서 올라간 산으로 갔다. 참모들은 사령관에게 찾아가 후퇴해야 함을 알렸다.

"사령관님 지금 전세가 불리합니다. 적들은 벌써 의정부까지 밀고 내려왔다고 합니다. 지금 후퇴하지 않으면 모든 병사가 고립될 위기에 처해 있습니다. 상부에서도 우선 철수한 뒤 공격 태세를 갖추라는 명령이 하달되었습니다. 시간이 없습니다. 지금 빨리 후퇴 명령을 내리십시오!"

"군인은 전선에서 죽는 것이 가장 영광스러운 모습이다. 우리는 힘들고 어렵게 공군을 창설하여 지금까지 왔다. 우리에게 몸과 같은 기지를 두고 후퇴한다는 것은 공군의 수치다. 그럴 수가 없다."

"사령관님의 충정을 저희 참모들은 너무나 잘 알고 있습니다. 그러나 우리에게는 적과 맞서 싸울 무기조차 없는 상황입니다. 지금 이곳에서의 싸움은 무의미합니다. 어서 후퇴 명령을 내려

주십시오."

용덕은 땅을 뒤흔드는 포격 소리를 들으면서 한참 동안 하늘을 보았다. 그리고 낮은 목소리로 말했다.

"알았다. 지금 모든 병사와 조종사들에게 후퇴 명령을 내려라. 그리고 가져갈 수 없는 서류와 기물을 모두 파괴하라고 지시하라."

"알겠습니다. 부관, 얼른 기지에 사령관님의 명령을 하달하라."

그도 사태의 심각함을 알고 있었기에 분했지만 다음을 기약해야 했다. 서울은 공포와 긴장감이 돌았다. 적들이 이미 의정부를 지나 미아리로 향하고 있다는 소식이 전해졌다. 그리고 얼마 지나지 않아 서울은 적의 수중에 들어갔다. 그러나 용덕의 아내는 피난에 실패하여 서울에 남게 되었다.

그러던 어느 날이었다.

꽝! 꽝! 꽝!

"문을 열라우."

피난을 떠나지 못하고 아내가 남아 있는 용덕의 집에 인민군이 찾아왔다. 요동은 혹시나 하는 마음에 용덕과 관련된 물건을 숨겨 놓고 문을 열었다.

"여기가 최용덕 공군 사령관 집이 맞소?"

"……?"

"인민군 장교는 병사들에게 눈짓으로 집을 뒤지라고 명령

했다.

"지금 남편은 어디 있나?"

"지금 어떻게 되었는지 모릅니다."

한국말이 서툴렀던 호요동은 중국어로 말했다. 마침 집 안을 모두 뒤진 인민군 병사들이 왔다.

"집에는 아무도 없습니다."

"남편이 집에 오면 반드시 내무서에 알리시오. 알겠소? 자, 모두 철수한다."

인민군 장교는 중국어를 알아들을 수 없어 그냥 돌아갔다. 그러나 틈만 나면 인민군들이 용덕을 찾는 바람에 호요동은 아예 밖에 나가서 빵과 고구마 장사를 했다. 사실 공군 사령관인 용덕의 집은 허름하기 이를 때가 없었다. 청빈하게 살았던 용덕의 집을 뒤진 인민군들도 여기가 정말 공군 사령관의 집이 맞을까 하고 의심할 정도였다.

전쟁은 곧 끝날 것처럼 보였다. 인민군들은 피죽지세로 밀고 내려가 이제 낙동강을 사이에 두고 피비린내 나는 전투가 벌어졌다. 용덕은 남쪽으로 후퇴를 하면서 전열을 정비하고 반격의 기회를 노렸다.

1950년 9월 15일 국군과 미 해병대는 인천상륙작전을 감행하여 인천을 탈환하는 데 성공했다. 그리고 9월 28일 마침내 서울을 되찾았다. 서울이 수복되고 나서 한참 뒤, 용덕은 다시 아내를 만날 수 있었다. 서울은 적군과 아군의 폭격으로 인해 많은 건물이 파괴되었다. 집을 찾은 용덕은 대문을 박차고 뛰어 들어 갔다.

"여보, 내가 왔소."

갑작스럽게 대문이 열리는 소리에 놀란 요동은 방문을 열었다. 서울을 수복한 것을 잘 알고 있었지만 남편의 생사를 알 길이 없어서 늘 걱정과 불안의 날들을 보냈었다.

"여보, 살아 계셨군요."

요동은 맨발로 뛰어 내려가 남편을 맞았다.

"그동안 고생이 많았겠소. 정말 미안하구려, 당신을 지켜주지 못해서."

"그러나저러나 당신에게 아무 탈이 없어서 다행이에요. 얼마나 걱정을 했는지……."

요동은 눈물을 흘렸다. 오랜만에 아내를 만났지만 전쟁 중이라 한가하게 있을 시간이 용덕에게는 없었다.

"내 자주 들리리다. 당신과 많은 얘기를 나누고 싶지만 지금은 전쟁 중이라 어쩔 수 없구려. 지금 부대로 돌아가 처리할 일들이 많소."

용덕은 아내를 남겨 두고 바로 부대로 복귀했다.

1950년 10월 20일 국군은 삼팔선을 넘어 북진을 했다. 용덕은 각지에 있는 공군 기지를 총괄하고 있었다. 1950년 11월 28일 그가 항공기지 사령관을 그만두고 공군 참모부장이 되어 공군의 모든 전략과 전투 임무를 수행하고 지원하는 계획을 하나 하나 옮겼다. 마침 국군과 유엔군은 인민군들을 쫓아 북으로, 북으로 진군했다. 국군은 압록강까지 진격을 하면서 사기가 충천했다.

그러나 중공군의 뜻하지 않은 개입으로 다시 국군은 후퇴하게 되었다. 갑작스런 중공군의 개입은 국군과 유엔군에게 많은 혼란을 주었다. 전세는 역전되어 인민군과 중공군은 다시 서울까지 밀고 내려왔다.

용덕은 부관을 시켜 아내가 피난을 가도록 했다. 그러나 너무나 갑작스럽게 떠나는 피난길이라 호요동은 용덕이 중국에서 활약했던 기록이 담긴 각종 자료들을 챙기지 못하고 떠나야만 했다. 서둘러서 피난을 떠나게 되어 귀중한 자료들을 분실하고 만 것이다.

이때 공군은 여기저기 흩어져 있던 지휘부를 통합하여 제주도 모슬포로 이전했다. 전투는 삼팔선을 중심으로 전개되고 있었다. 이에 공군은 전략에 의해 전진 기지가 필요하게 되었다. 그래서 생겨난 것이 바로 강릉 기지였다. 1951년 10월 11일 완공된 강릉 기지는 공군 제10전투비행전단으로 유엔군이나 미군으로부터 독립하여 독자적인 작전을 수행했다. 공군으로서는 역사적인 날이었다. 대한민국 공군의 이름으로 첫 단독 출격이 시작된 것이다.

1951년 7월 6일 용덕은 작전참모부장과 공군사관학교 교장직을 겸임하고 있었다. 그는 김정렬 초대 공군참모총장과 함께 공군 전투 임무 수행과 교육에 힘을 쏟았다. 그리고 군가의 보급이 많지 않았을 때 용덕은 공군사관생도에게 어울리는 '공군사관학교 교가'와 공군 장병들을 위한 '공군가'를 작사했다.

'민족의 혈통을 받은 대한의 남아들이여, 이 유구한 역사와 전통은 제군들의 골격이요 제군들의 명맥이다. 제군들은 그 투지 그 용기로써 영원히 빛나는 청사의 용사가 되라. 제군들은 오늘의 역사를 창조하는 대한의 용사이다.'

용덕이 작사한 곡은 '공군가', '공사교가', '은익의 노래', '공군 행진곡'(추정), '비행 행진곡'(추정) 등이다. 이 노래들은 공군사관학교가 대구로 이전했을 때 만들어졌다. 1951년 12월 1년 동안의 전쟁을 돌아보면서 그는 "고난과 혈투의 1년"이라고 했다. 그는 죽음으로 맞서 싸운 공군 병사들의 원한을 풀어 주어야 한다고 다짐했다. 그리고 공군사관학교 생도들에게 '공사십훈'(空士十訓)을 만들어 실천하도록 했다.

1 용의단정하라.
2 청렴결백하라.
3 성심복종하라.
4 책임완수하라.
5 신의일관하라.
6 공평무사하라.
7 침착과감하라.
8 신상필벌하라.

9 솔선수범하라.
10 은위겸비하라.

해인사를 지켜낸 빨간 마후라

6 · 25 전쟁을 치르면서 많은 문화재가 파괴되었다. 국군과 유엔군의 인천상륙작전으로 낙동강 전선까지 밀고 갔던 인민군들은 길이 막혀 험한 산속으로 들어가 게릴라전을 펼쳤다. 그 사이 북진을 하던 유엔군과 국군은 중공군이 개입하면서 후퇴했다가 1951년 3월 서울을 다시 찾았다. 이제 전쟁은 38선 근처에서 치열하게 전개되었다.

인민군들은 태백산맥 줄기를 타고 북으로 도주했다. 그러나 미처 후퇴하지 못하고 산속에 숨어 있던 인민군 1개 대대 병력이 경주 해인사를 점령하고 있었다. 이 사실을 안 유엔군과 국군 연합군은 적을 소탕하기 위해 작전회의를 열었다.

"지금 대대 병력의 인민군이 해인사를 점령하고 있소. 그러니 먼저 전투기를 출동시켜 해인사를 폭격해서 제압한 뒤, 지상군을 투입해서 적을 섬멸하는 것이 좋을 듯합니다. 이 작전은 지리

를 잘 아는 한국 공군이 맡아서 해 주시오. 사천비행단이 좋을 듯하오."

국군과 유엔군을 총 지휘하던 미군은 해인사 폭격 명령을 사천에 있는 공군 전투비행단에게 내렸다. 이에 사천비행단장인 장덕창은 김영환 전대장, 장지량 작전참모 등과 함께 미군의 명령을 놓고 고민을 했다.

"이거 난감한걸. 지은 지 1,000년이 넘는 해인사를 폭파하라니. 해인사는 귀중한 우리의 문화유산이오."

"맞습니다. 해인사를 폭파하는 것은 안 됩니다. 해인사는 신라 애장왕 때인 802년에 지은 고찰입니다. 또한 팔만대장경 등 수많은 문화재들이 있는 곳이기도 합니다. 일단 정확한 정보를 입수한 다음에 방책을 찾아보는 것이 좋겠습니다."

다음날 신속하게 첩보가 입수되었다. 인민군이 낮에만 식량을 얻으러 해인사로 내려온다는 것이었다. 미군이 알고 있는 것처럼 해인사에 상주하고 있던 것이 아니었다. 미군 측에서 즉각 출동하지 않는다며 사천비행단을 다그쳤다. 비행단의 간부들은 마음이 다급했다. 다시 긴급하게 회의가 열렸다.

"이렇게 하면 어떨까요? 인민군들은 식량을 구하기 위해 일시적으로 해인사를 점령한 것입니다. 그러니 식량을 가지고 해인사를 떠나는 순간, 그때 공격하는 것이 어떻겠습니까?"

"그거 좋은 생각이다."

"그런데 미군이 가만히 있을까요?"

"우리가 설득해야지요. 해인사가 어떤 곳인지 잘 알려주면 그들도 이해할 것입니다."

"좋은 생각이다. 두 마리의 꿩을 다 잡는 방법이다."

사천비행단의 간부들은 인민군이 해인사를 떠난 뒤에 공격할 것임을 미군에게도 통보했다.

"뭐라고? 지금 해인사를 공격하지 않겠다니 당신들 정신이 있소 없소? 적들이 산속으로 숨은 뒤에 공격하면 아군의 피해가 커지는 것을 모르시오. 지금 당장 비행기를 출격시켜 해인사를 폭격하시오."

"해인사는 1,000년의 고찰입니다. 그런 문화재를 폭격해서 잿더미로 만들 수는 없습니다."

"지금 명령을 거부하겠다는 거요. 당장 출격하지 않으면 명령 불복종으로 군법 회의에 회부할 것이오."

미군 지휘부도 순순히 승낙하지 않았다.

"우리가 반드시 적들을 소탕할 것이니 저희에게 맡겨주십시오. 설령 군법 회의에 회부되어도 해인사를 폭격할 수는 없습니다. 조금만 기다려 주십시오. 반드시 적을 소탕하겠습니다."

공군 지휘부는 미군의 명령을 끝내 거절했다. 그 사이 척후병을 보내 해인사의 인민군 동태를 감시하게 했다. 그리고 삼일 뒤, 척후병에게서 연락이 왔다.

"지금 적들이 해인사를 빠져나가고 있다. 공중 폭격 바란다."

인민군들이 식량을 가지고 해인사를 떠난다는 보고였다.

"모든 조종사는 각오를 단단히 하라. 놈들이 해인사에서 멀어질 때 바로 공격한다."

조종사들은 비장한 각오를 했다. '선조들이 지켜온 문화재를 지키고 인민군을 궤멸시키는 두 가지 임무를 동시에 수행해야 한다. 타이밍이 중요하다. 그 타이밍을 놓치면 안 된다.'

"출격하라."

"출격."

조종사들은 자신들의 애기(愛機)로 뛰어나갔다. 무스탕의 프로펠러가 힘차게 돌았다. 기지를 이륙한 전투기들은 멀리서 선회를 하고 있다가 인민군들이 해인사에서 완전히 철수했다는 첩보를 무전으로 듣고 산속으로 숨어드는 인민군들을 향해 폭격을 퍼부었다.

콰쾅! 인민군들은 갑자기 나타난 공군 전투기의 폭격에 쓰러지기 시작했다. 타타타탕! 전투기에서는 기총이 불을 뿜었다. 잠시 뒤 공군 전투기의 집중 사격과 폭격으로 인민군은 전멸을 하고 말았다. 사천비행단 간부들의 기지로 소중한 문화재를 지키면서도 적을 소탕한 것이다.

그러나 사천비행단 간부들이 미군의 작전 명령을 거부한 것이 공군 지휘부에 보고되고 말았다. 이 사실을 알게 된 김정렬 공군참모총장과 용덕은 명령을 어긴 사천비행단 간부들을 불러 모았다.

"도대체 어떻게 된 일인가?"

"미 작전 본부에서 무조건 폭격을 지시했습니다. 하지만 해인사는 1,000년을 넘게 지켜온 우리의 문화유산입니다. 그런 문화유산을 무조건 폭격한다는 것은 올바른 판단이 아니라고 생각했습니다. 인민군이 해인사에서 빠져나가면 그때 공격해도 충분하다고 미군 측에 보고했습니다. 물론 우리 뜻대로 인민군을 섬멸했고 해인사도 안전하게 지켜냈습니다."

김정렬 장군과 용덕은 서로의 얼굴을 쳐다보았다. 용덕이 눈짓을 보냈다. 김정렬 장군이 고개를 끄덕였다.

"군인은 무조건 명령에 따라야 한다. 제군들은 명령 불복종으로 처벌을 면할 수 없다."

사천비행단 간부들과 조종사들의 얼굴은 하얗게 굳어 버리고 말았다.

"제군들은 오늘 밤 막걸리를 2통씩 먹어야 한다. 제군들이 문화재를 생각하는 마음과 인민군 소탕 작전을 성공적으로 펼친 점을 감안해 이번 일은 없던 일로 하겠다."

"알겠습니다."

사천비행단 간부들과 조종사들의 얼굴에 안도의 기쁨이 돌았다. 공군참모총장을 비롯한 공군 지휘부는 해인사를 지켜 낸 상황을 듣고 오해를 풀었다. 이렇게 해서 해인사는 전쟁 중에도 큰 손실 없이 제 모습을 유지할 수 있게 되었다.

전쟁 중에 공군은 미군의 눈치를 봐야 했다. 모든 전투기와 장비를 미군으로부터 지원받았기 때문이다. 또한 우리가 단독으로 작전을 수행할 만큼 경험도 부족했다. 용덕처럼 중일전쟁 때 전쟁을 수행했던 사람도 있었지만 이제 일선에서 물러나야 했다. 앞으로 전쟁을 수행하려면 수많은 젊은 조종사들과 훈련받은 공군 병사들이 필요했다. 6·25 전쟁은 참으로 불행했지만 우리 공군에게는 경험을 쌓아 가는 소중한 기회이기도 했다. 1951년 7월부터 인민군과 연합군 사이에 휴전 회담이 시작되었다. 휴전 회담이 진행되는 동안에도 서로가 한 치의 땅이라도 넓히기 위해 치열한 공방전이 계속되었다.

1952년 12월 1일 용덕은 제2대 공군참모총장에 취임했다. 취임한 그는 강한 공군을 만들기 위해 온 힘을 기울였다. 이때부터 공군은 적의 보급로 차단, 공중 공격, 육군 지상군 직접 지원 작전을 수행하기 시작했다. 공군참모총장에 취임하면서 그는 '과학하는 공군, 자립하는 공군'을 목표로 삼았다.

그는 우방국과의 결속을 통해 공군이 홀로 설 수 있는 '한국 공군 확장 계획'을 세우고 우방국들의 협조를 끌어내기 위해 많은 노력을 했다. 공군 스스로 작전을 수행할 능력을 갖추었음을 미군도 인정했다. 이때부터 공군은 미군의 간섭 없이 스스로 공격 작전을 수행했다. 그리고 효과적인 작전을 펼치기 위해 사천에 있던 전투비행단 가운데 제10전투비행전대를 강릉으로 옮겨 갔다. 제10전투비행전대 사령관은 김영환 대령이 맡았다 그리고 기지 사령관으로는 김구 선생의 아들인 김신 대령이 맡았다. 제10전투비행전대는 하루에 12회에서 많게는 20

회를 출격하여 많은 전공을 세웠다. 이 작전은 전쟁이 끝날 때까지 계속되었으며 미군이 엄두도 내지 못한 작전을 여러 차례 완수했다.

그만큼 많은 조종사들이 조국의 하늘에서 쓰러져 갔다. 임택순, 김현일, 고광수, 장창갑, 박두원, 나창준 조종사 등이 작전 중에 전사했다. 전투기가 추락해 조난당한 조종사를 구출한 적도 여러 번 있었다. 조종사 1명을 키우는 데에는 많은 시간과 돈이 들어간다. 경험 많은 조종사가 없으면 공군은 힘을 발휘하지 못하기 때문이다. 그래서 조난당한 조종사들을 구출하기 위해 많은 노력을 기울였다. 그리고 조난당한 조종사들을 구출하기 위해서 생각해 낸 것이 바로 작전을 위해 출격하는 조종사들 목에 빨간 마후라를 두르도록 한 것이다. 구조대가 쉽게 조난당한 조종사들을 구별할 수 있게 하기 위해서였다. 빨간색은 하늘이나 땅에서 눈에 잘 띄기 때문이었다. 이때부터 작전에 참가하는 모든 조종사들은 목에 '빨간 마후라'를 두르게 되었고 이는 대한민국 공군의 상징이 되었다.

전쟁은 막바지로 치닫고 있었다. 삼팔선을 사이에 두고 매일 고지를 뺏고 빼앗기는 혈전이 벌어졌다.

용덕은 1953년 1월 31일 김정렬 장군과 함께 중장으로 진급했다. 그리고 1953년 2월 15일에는 제10전투비행전대가 제10전투비행단으로 확장되었다. 이때 공군에는 벌써 100회를 출격한 조종사가 20여 명에 달했다. 또한 공군사관학교를 졸업한 1기생들이 조종사로 출격을 개시했다. 공군은 휴전이 될 때까지 2,000여 회를 출격하면서, 승호리철교 같은 적 보급로 파괴, 적 후방 기지 공격과 지상군 지원을 통해 351고지 등 국군이 많은 고지를 점령하는 데 온 힘을 다했다.

미군이나 한국군은 인명 피해를 줄이고 효과적으로 전쟁을 수행하기 위해 포격과 폭격을 최대한 활용하고 있었다. 인민군 쪽에서는 휴전을 질질 끌고 있었다. 미군 쪽에서는 좀 더 확실한 압박을 가해 휴전 협정에 사인을 하도록 해야 했다. 용덕은 공세를 더욱 강화하여 통일을 완수해야 한다는 점을 장병들에게 강조하며 전투기들의 공격을 최대한 늘이도록 명령을 하달했다. 미군 공군과 한국 공군 전투기들의 북한 지역 폭격도 더욱 심해졌다. 댐, 발전소, 제철 공장 등이 폭격으로 철저하게 파괴되었다. 중국으로부터 오는 보급품을 차단하기 위해 보급로들도 파괴했다. 더 이상 버티지 못한 인민군들은 휴전에 사인을 하고 말았다.

그렇게 하여 1953년 7월 27일 2년 동안 끌던 휴전 협정이 유엔군과 북한군 사이에 체결되었다. 하지만 국민들은 조국 통일의 염원에도 아랑곳없이 휴전된 것이 못내 아쉬웠다. 용덕은 전사한 수많은 조종사와 공군 장병들을 생각하면서 아직 살아 있는 자신을 부끄러워했다. 그리고 이제 슬픔을 이겨 내고 전쟁으로 폐허가 된 나라를 다시 일으켜 세워야 한다고 다짐했다. 전쟁으로 받은 마음의 상처를 이겨 내기 위해 더욱더 마음을 가다듬

었다. 용덕은 전쟁 기간을 공군이 '싸워서 이긴 시기'로 여기고
새롭게 기틀을 다지기 위해 그동안 미뤄 온 일들을 하나씩 실천
해 나갔다.

우리가 만든 비행기를
우리 하늘에 띄우자

용덕은 중국에 망명해 비행사가 된 뒤에야 중화민국 공군의 역사를 알게 되었다. 당시 '종이 호랑이'로 전락한 중국이었지만 그들은 일찍부터 항공 분야에 눈을 떴다. 1903년 미국에 갔던 손문은 라이트 형제가 동력 비행기의 제작·비행에 성공한 소식을 듣고 이때부터 항공에 대한 집요한 노력을 기울였다. 사상가이자 정치인이었던 그는 '항공구국'이라는 친필을 남길 정도로 공군을 중국을 살리는 하나의 지렛대로 생각했다. 그래서 새로운 기계에 굉장한 관심을 보였다.

용덕 또한 중국 공군에 몸을 담으면서 항공의 중요성을 누구보다 잘 알고 있었던 것이다. 그의 이러한 노력은 '부활호'(復活號)의 제작으로 결실을 맺었다. 1953년 공군참모총장으로 재직할 당시 제작된 부활호는 미래 항공 발전에 대한 자신감과 꿈을 상징했다. 그는 과거 망명 생활 중에도 직접 우리 손으로 설계 · 제작한 비행기를 조국의 하늘에 띄우겠다고 다짐했었다.

부활호의 제작은 전쟁이 끝나가던 1953년 6월, 공군기술학교의 이원복(당시 공군 소령), 문용호(당시 공군 일등중사) 등의 교관이 중심이 된 27명의 공군 기술자들에 의해서 이루어졌다. 이들은 사천 기지 자재 창고에서 설계도를 그려 부품을 만들고, 제작할 수 없는 부품들은 미 공군 기지에서 얻었다. 드디어 1953년 10월 11일, 부활호를 설계 · 제작한 이원복과 민영락이 시험 비행사로 탑승하여 성공적으로 시험 비행을 마쳤다. 민영락과 이원복을 태운 부활호는 2시간 동안 고도 1.3킬로미터를 비행했다. 제작을 시작한 지 4개월 만에 자체 기술로 동력 비행기를 완성한 것이다.

1954년 4월 3일에는 수많은 사람들이 모인 가운데 부활호의 명명식이 거행되었다. 부활의 휘호는 이승만 대통령이 붙여 주었다. 부활호는 1955년까지 공군의 연락기와 연습기로 사용되다가 대구 달서구에 있는 경상공업고등학교(지금의 한국항공대학)에 기증되었다. 그 뒤, 1960년까지 학생들의 연습기로 사용되다가 지하 창고로 옮겨지면서 사람들의 기억 속에서 사라졌다.

부활호의 제작과 비행 성공은 많은 의미를 담고 있다. 라이트 형제가 동력 비행을 만든 지 반세기 만에 우리 손으로 직접 동력 비행기를 만들었다는 점이다. 공군으로서는 할 수 있다는 자신감을 갖게 되었고 국민들에게는 전쟁의 폐허 속에서 삶의 희망

을 주었다.

　부활호는 양 날개 길이가 12.7미터, 기장 6.6미터, 높이 3.05 미터, 무게 380킬로그램, 탑재량 200킬로그램, 상승 고도 4,900미터, O-190-1형 엔진에 4기통 85마력, 최대 속도 시속 180킬로미터에, 이인용 복좌형 경비행기였다. 비행기 제작 번호 는 제작 순서에 따라 '1'을 사용하지 않고 '1007'을 부여했다. 1950년 9월 다부동 전선에서 전사한 천봉식 조종사를 기리기 위해 성씨 '천'의 동음을 연상하기 위해 숫자 '1000'을 택하고 나라에 행운이 따르기를 기원하는 차원에서 숫자 '7'을 택하여 '1007'이라고 붙인 것이다.

부하 사랑과 청빈 정신

한국전쟁은 수많은 사람의 목숨을 빼앗아갔다. 3년간 250여만 명이 죽고 400여만 명이 부상당했다. 국토는 폐허로 변했다. 산은 나무가 사라진 민둥산이 되었고 도로와 건물은 모두 파괴되었다. 이산가족은 1,000만 명이 넘었고, 부모 잃은 고아는 헤아릴 수조차 없을 만큼 많았다. 용덕은 나라가 힘이 없으면 이런 참변을 당한다는 것을 잘 알고 있었다. 그래서 그는 미국에 건너가 그들의 발전된 모습을 보고자 했다. 때마침 미국에서 최용덕 공군참모총장을 초청했다.

용덕은 김영환 대령, 박충훈 중령과 함께 미국으로 건너가 앨라배마 지역에 있는 맥스웰 공군 기지, 텍사스 지역의 포스터 공군 기지, 키슬러 공군 기지, 랙클랜드 공군 기지 등 여러 공군 부대를 시찰했다. 또한 그들의 첨단 장비와 훈련 시설, 제트 비행기 등을 보고 충격을 받았다. 우리 나라 공군과 비교해 보면 그들은 하늘과 땅 차이만큼이나 컸기 때문이다. 어린 시절 일본인들의 비행 시범을 보고 충격을 받은 것이 떠올랐다. 그는 한국으로 돌아와 공군 현대화를 위해 최선의 노력을 했다. 그는 우선 미국의 선진 기술을 배워야 한다고 생각해서 장교와 병사들을 미국에 유학을 보내기로 했다. 용덕의 마음에 화답이라도 하듯이 미국도 한국 공군의 현대화를 위해 협조를 아끼지 않았다.

또한 모든 첨단 장비와 첨단 비행기보다 더 소중한 것은 바로 사람임을 깨달았다. 그것은 중국의 드넓은 대륙에서 동지들이 적의 흉탄에 쓰러지는 것을 두눈으로 보면서 느낀 것이었다.

"모든 일은 사람이 하는 것이다. 계급과 상관없이 사람을 존중하지 않고는 아무 것도 할 수 없고 또한 의미도 없다."

용덕은 병사들의 복지와 사기를 강조했다. 병사들의 사기가 떨어지면 아무리 첨단 무기를 가지고 있어도 절대로 전쟁에서 승리를 할 수 없다는 걸 알고 있었기 때문이다. 그는 병사들 한 사람 한 사람의 인격을 존중하고, 출신과 지역을 따지지 않았다. 단결이 되지 않으면 오합지졸에 불과하기 때문이다.

용덕은 군인 정신을 동시에 강조했다. 전쟁이 끝나고 군기가 흐트러지는 것을 용납하지 않았다. 그는 장교들의 품행을 단속했다. 길거리에서 담배를 피우며 다닌다든지 모자를 삐뚤게 쓰고 다니는 장교들을 잡아다 지도를 시키도록 했다. 용덕의 이러한 지시 때문에 한동안 공군 장교들의 '수난 시대'가 이어졌다. 불평불만이 없지 않았지만 대부분 용덕의 정신력에 승복하지 않을 수 없었다. 평생을 군인으로 살아온 그의 엄격함에 누구도 항변하지 못했다. 자유를 위해서, 자유를 지키는 군인들의 정신력을 강조했던 용덕을 후배 공군 장교들은 '엄한 아버지'라고 불렀다.

용덕은 1954년 11월 참모총장 퇴임 시까지 공군 현대화와 병사 복지에 많은 노력을 기울였다. 그는 항상 전쟁에서 죽은 조종사들과 병사들을 생각했다. 그에게는 죽는 날까지 잊을 수 없는 소중한 인연이었기 때문이다.

용덕은 한 부하의 죽음으로 큰 충격을 받았다. 죽은 사람은 용덕이 아끼던 김영환 대령이었다. 어느 병사의 죽음인들 슬프지 않을까만, 강릉 전투비행단 초대 단장을 맡았고 해인사를 지켜냈던 유능한 조종사였으며 용덕과 함께 미국을 방문했던 그를 특히 아꼈다. 1954년 3월 6일 제10전투비행단 창설 1주년을 기념하기 위해 김영환 대령은 F-51기를 몰고 사천 기지를 떠났다. 그것이 그의 마지막 모습이었다. 아무도 그 이후 그를 보지 못했다. 사천에서 강릉으로 날아가던 중 악천후를 만나 불행한 최후를 맞이한 것이다. 하늘과 비행을 사랑했던 조종사는 그렇게 하늘에서 사라졌다.

용덕은 그의 죽음을 무척 슬퍼했다. 그러나 상관은 부하들 앞에서 눈물을 보여서는 안 된다고 생각했다. 그는 아픈 마음을 견디며 부하들 앞에서 흔들리지 않는 모습을 보였다.

전쟁이 끝나고 공군 현대화의 기틀을 잡은 뒤 용덕은 은퇴를

생각했다. 이제 조국을 위해 후배들에게 길을 비켜줘야 한다고 여겼다. 평생 군인의 길을 갔던 그는 이만큼 성장한 공군을 보며 대견스러워했다. 그가 공군에서 떠나려 하자 주위의 많은 사람들이 만류했지만 모두 거절했다. 그는 "더 좋은 생각과 더 좋은 능력이 있는 우수한 후배들에게도 기회가 있어야 한다"고 말했다. 그리고 마지막으로 사직서에 조국을 생각하는 마음을 담았다.

여기 드리는 글은 나 개인의 문제이기보다는 오히려 공군의 발전을 위하는 애정에서 드리는 것이니 허락하여 주시기 바랍니다. 동포가 침략의 어둠 속에서 허덕이고 국권이 일제의 손에 넘어갔을 때, 본인은 아직 십대의 어린 학동이었습니다. 그러나 본인의 주위에 위국지사와 선배들이 많이 계셔서 그분들에게 깊은 감화를 받고 젊은 몸으로 감히 국토광복과 청운의 뜻을 품고 해외로 망명의 길을 떠났던 것입니다. 당초에는 남의 나라에서 힘든 생활도 없지 않으나 기운이 열리어 면학의 길을 얻고, 중국의 육군군관학교, 공군군관학교, 육군대학교 등을 졸업하고, 계속 중국 군문에 적을 두고 기약 없는 희망을 품고서 여러 해를 그곳에서 지냈습니다. (중략) 춘풍추우 사십 년 남의 나라에서 겪은 하루하루에 이러한 꿈을 꾸지 않은 날이라고는 없었습니다. 해방된 조국에 돌아오던 순간, 감격과 기쁨으로 흙을 어루만지며 스스로 맹서하기를 '나라를 지키는 간성의 한낱 조약돌이 되리라' 했던 것입니다.

국군에 몸을 담고 공군 창설을 의논하던 7인 중에도 가담했고, 초대 항공 사령관으로 애국심에 불타는 청년들을 이끌어

보기도 했으며, 초대 국방부 차관의 자리에 오르기도 했고, 1952년 12월에는 총장의 겸양으로 제2대 공군참모총장의 중요한 자리에서 큰 실수 없이 임무를 마치게 되었음은 무한한 영광으로 여기는 바입니다. 돌아보건대 군인으로서 최고의 영예를 누리고, 가장 빛나는 경력을 쌓게 된 본인으로서 다시 아무런 소원도 미련도 있을 리가 없습니다. 다채롭던 40년 군인 생활을 회상하며, 이에 엄숙하고도 진지한 마음으로 본인의 군인 생활을 끝맺게 하여 주시기를 간청하는 바입니다.

용덕은 1954년 12월 1일 김정렬 장군에게 제3대 공군참모총장 자리를 인계하고 물러났다. 그리고 1955년 공군참모총장 고문으로 있다가 1956년 9월 나이가 많고 병이 들었다는 이유를 들어 제대를 했다.

이렇게 평생 군인의 길을 걸어온 그는 늘 가난하게 살았다. 중일전쟁 기간에도 자신이 중국 항공대에서 받은 월급의 70퍼센트를 임시정부에 매달 헌납하고 나머지 돈을 생활비로 아내에게 주었다.

공군의 후배들이 용덕에게 집을 지어 주기 전까지 갈월동 전셋집과 상도동 전셋집을 전전하면서 살았다. 그의 아내 요동은 그와 결혼하고 나서 단 한 번도 남편에게 살림 형편이 안 좋다고 해서 잔소리를 하지 않았다고 한다. 비행기 사고를 내지 않도록 마음을 편하게 해 주기 위해서였다.

1961년 박정희 대통령의 제3공화국이 들어서면서 그는 중화민국(현 대만) 대사로 1년간 활동하다가 이듬해 외교부 고문으로 물러나면서 공직 생활에서 완전히 은퇴했다. 평생을 조국을 위해 몸바쳤지만 그에게는 재산이라고 할 만한 것이 없었다. 그러나 그는 세상에서 가장 부자였는지도 모른다. 빈 마음으로 세상을 본다는 말처럼 용덕은 청빈한 삶을 살았다. 그는 군인이자 비행사이기 전에 아름다운 영혼의 비행사였던 것이다.

⭐ 조국 하늘의 별이 되다

　　1913년 15세의 어린 나이로 중국으로 망명하여 평생을 무인(武
人)이자 비행사로 공군에 헌신하며 살아온 그에게 삶의 마지막 날
이 다가왔다. 조국을 떠나 중국의 황량한 대륙에서 광복을 되찾
기 위해 떠돈 지 56년, 그리고 다시 광복을 되찾은 조국의 품으로
돌아온 날로부터 24년이 되는 1969년 8월, 무더위가 드리우던
날이었다.

　　"내게 시집 온 당신을 평생 고생만 시켜서 미안하오."

　　용덕은 마지막 남은 힘을 다해 아내에게 말했다. 아내인 요동
은 가만히 남편의 손을 잡아 주면서 내려다보았다. 용덕의 주름
진 얼굴엔 대륙을 호령하던 모습이 장강의 줄기처럼 흐르고 있
었다.

　　"당신을 만나 결혼한 것을 후회하지 않아요."

　　용덕은 아내의 말에 눈시울이 뜨거워진다.

"당신의 그 말을 들으니 내가 편하게 눈을 감을 수 있을 것 같소. 딸과 손녀딸을 잘 부탁하오."

박제형 씨가 옆에서 말없이 서 있었다.

"이보게 박 장군."

"네, 장군님."

"노래를 한 소절 부르고 싶군."

박제형 씨가 그의 곁에 다가와 무릎을 꿇고 앉았다.

"자네도 잘 아는 노래지. 고난의 노래라고."

"아, 네. 알다마다요."

용덕은 천장을 향해 누운 채 노래를 부르기 시작했다.

"이내 몸이-압록강을 건너올 때에
가슴에 뭉친 뜻 굳고 또 굳어-
만주들에 북풍한설 몰아붙여도
타오르는 분한 마음 꺼질 바 없-고
오로라의 어름산의 등에 묻혀도
우리-반항 우리 싸움 막지를 못하리라."

박제형 씨의 눈에도 눈물이 글썽였다. 기침을 하던 용덕은 다시 노래를 부른다.

"피에 주린-왜놈들은 뒤를 따르고-

괘-씸할사 마적 떼는 앞길 막누나
황야에는 해가 지고 날이 저문데-
아픈 다리 주린 창자 쉴 곳을 찾-고
저녁 이슬 흩어져 앞길 적시니
쫓기-는 우리의 신-세-가 처량하구나."[2]

용덕은 다시 심하게 기침을 하며 두눈을 감았다. 감은 두눈에 눈물이 고여 있었다. 한줄기 눈물이 만주의 벌판 같은 얼굴로 흘러내린다.

"장군님, 만주 독립군 동지들을 생각하시는군요."

"그렇다네. 이제 나도 그들 곁으로 가야 할 때가 온 거야."

용덕은 아내와 딸, 그리고 그림자처럼 그의 곁을 한시도 떠나지 않았던 부하 박제형 씨가 지켜보는 가운데 숨을 거두었다. 그의 주머니에는 전 재산인 단돈 200여 원이 남아 있었다.

조국 하늘에 별이 된 남자, 가슴속에 조국의 발전만을 생각하며 평생을 살아온 용덕은 1969년 8월 15일 조국이 일제로부터 독립을 하던 날 숨을 거두었다. 그의 마지막을 지킨 이는 아내 호요동과 권기옥 비행사, 생후 몇 달 안 된 외손녀 딸 반춘래, 그리고 그의 영원한 지기였던 시인 이은상, 박제형이었다.

시인 이은상은 용덕을 돈과 명예를 초월한 전형적인 초인이라고 했다. 용덕은 늘 우리 군복, 우리 비행기, 우리 공군을 외쳐

---

2) '풍찬노숙'(風餐露宿). 1920년대 초반 만주 지역 독립군의 심정을 그린 노래.

왔다고 한다.

"왠지 예감이 이상했어요. 새벽에 꿈을 꾸었는데 새 한 마리가 고목 가지에 앉아 슬프디 슬픈 노래를 부르고 있었어요. 그러더니 갑자기 그 나뭇가지가 뚝 꺾어지고……."

중국에서 비행사로 활동한 권기옥은 용덕의 소식을 전해 듣고 전날 꿈 이야기를 했다. 그리고 1925년 용덕을 처음 만난 때를 기억했다.

"우리 나라 비행기만 있다면 당장이라도 날아가서 왜놈들을 무찌르련만……."

"최용덕 장군이 임종 며칠 전에 남긴 유언은 '내가 죽으면 우리 공군복을 입혀 달라'는 것이었습니다. 그러면서 '우리가 제작한 비행기를 타고 싶었는데……'라는 마지막 말을 남겼지요."
육사 7기생이자 용덕이 국방부 차관직에 있을 때 비서관이었던 박제형 씨는 말했다.

푸른 하늘을 그토록 사랑했던 비행사로, 평생 군인의 길을 걸었던 용덕은 그렇게 대한민국 공군에 커다란 발자취를 남겨 놓고 마지막 숨을 거둔다. 하늘은 아무일 없는 듯 늘 파랗게 펼쳐져 있었다.

고 최용덕 장군의 외손녀
반춘래가 보낸 편지

　제가 알기로 이윤식 작가님이 많은 시간과 정성을 통해 항공 독립 운동의 역사를 연구했음을 알고 있습니다. 또한 이 분야에 이해와 관심이 높은 손상열 시인의 제안으로 이번에 최용덕 위인전이 나오게 된 걸로 알고 있습니다. 개인적으로도 항공 독립 운동의 역사가 잊혀져 가는 것을 항상 안타깝게 생각했었는데 이렇게 작가님께서 정성스럽게 써주셔서 대단히 감사합니다.

　유족으로서 할머님으로부터 들었던 할아버지(최용덕 장군)와 할머니(호요동 여사)에 대한 이야기를 몇 글자 적어 보고자 합니다. 옛날이야기를 싫어할 분들은 없을 겁니다. 저도 어렸을 때 옛날이야기를 듣는 것을 무척 좋아했습니다. 이미 많은 분들이 역사책을 통하여 아버님이 어떤 분이신지 알고 계실 거라 생각합니다. 그래서 다른 것은 생략하고 그분들의 중국에서의 생활에 대

하여 조금 말씀드리려고 합니다.

　많은 분들이 자신의 부모님이 어떻게 만나시고 생활하셨는지 궁금해하시듯 저도 할아버지와 할머니가 어떻게 만나셨고, 어떻게 생활하시고 조국을 사랑하셨는지 할머니께 이야기를 해 달라고 했습니다. 이야기를 들은 후 두 분이 고생도 많이 하셨고 쉽지 않은 생활들을 겪은 것에 더 존경하게 되었습니다. 두 분이 만나신 동기는 할머니의 형부와 할아버지께서 중국 공군에서 같이 근무한 것이었습니다.

　하루는 할머니의 형부와 할아버지가 같이 근무를 마치고 할머니의 집 앞을 지나가다가 장인 장모에게 안부 인사를 드리게 되었다고 합니다. 그때 마침 다른 방으로 건너가는 할머니 모습을 보고 할아버지께서 반했다고 합니다. 며칠 동안 생각 끝에 할아버지는 용기를 내서 미래의 장인 장모를 찾아가서 인사를 드렸다고 합니다. 할아버지는 자신을 소개하면서 할머니가 정해진 혼처가 있느냐고 물었다고 합니다.

　할아버지의 장인 장모께서는 정해진 혼처가 없다고 하시며, "그럼 자네가 어디 좋은 사람 있으면 소개해 주게나"라고 말했답니다. 할아버지가, "좋은 사람이 있습니다." 하고 대답하자 "그럼 소개 좀 해 주게"라고 부탁을 했답니다. 그러자 할아버지가 "바로 접니다"라고 말을 했고, 그 말에 크게 놀라면서 웃었다고 합니다. 처음에는 외국인인 데다가 나라도 잃고 가족도 없는 분이라서 반대를 하셨지만 할아버지 주위 사람들로부터 성

실하고 사람이 착하다는 말을 듣고는 마침내 승낙을 하셨다고
합니다.

그렇게 19살의 중국인이었던 할머니는 12살이나 많은 31살의
할아버지와 만나게 된 것입니다. 할머니는 처음 본 할아버지의
인상이, 군복을 입고 항상 비행 훈련 때문에 피부가 검으셔서 무
서웠다고 합니다.

할아버지와 할머니가 결혼을 한 뒤, 할아버지는 일과 독립 운
동 때문에 자주 집을 비우고 출장을 가셔서 할머니는 항상 홀로
지내셔야 했습니다. 그래서 그 외로움을 달래려고 학업으로 시
간을 보냈답니다. 그래서 슬하에 자식이 많이 없고 딸(최보옥 씨,
제 어머니) 한 분만 갖게 되었습니다. 하지만 할아버지는 아들 없
는 것을 괴로워하지 않았고 해방이 되고 공군이 창군된 이래 공
군의 부하들을 아들처럼 여겼다고 합니다. 그래서인지 할아버지
를 대한민국 공군의 '아버지'라고 부르는 건지도 모르겠습니다.

할아버지께서는 중국 항공대에 계시면서 월급의 3분의 2를
독립 운동에 쓰시고, 나머지 3분의 1만 생활비로 할머니께 드렸
다고 합니다. 그래도 할머니는 불평을 하나도 하지 않으시고 생
활비를 아끼고 저축도 하시면서 생활했다고 합니다.

할아버지가 독립 운동으로 집을 비우고 있는 사이에 할머니
도 많은 고초를 겪었다고 합니다. 일본 사복 경찰들이 할아버지
가 독립 운동을 하는 것을 알고 잡으러 다녔는데 집에 쳐들어와
할머니를 끌고 갔다고 합니다. 그리고 할아버지가 있는 곳을 말

하라고 협박을 했다고 합니다. 그러나 할머니가 말을 못 알아듣는 척하면서 엉뚱한 대답만 자꾸 하니까 일본 경찰들이 나중에는 포기하고 돌려보냈다고 합니다. 그뿐 아니라 중일전쟁 동안, 당시 사람들도 마찬가지였겠지만, 두 분이 겪은 고초를 일일이 여기서 말하기에는 지면이 부족한 것 같습니다.

할아버지는 장개석 총통과 우애도 좋았고, 인정받은 장군이어서 해방 뒤 대만으로 갈 때 함께 가지고 했는데 거절했다고 합니다. 할아버지는 자신이 사랑하는 조국의 건국을 위해 돌아가야 한다고 했답니다. 장개석 총통은 감동하면서 언제든 도움이 필요하면 연락하고 자리가 준비되어 있으니 언제든지 대만으로 오고 싶으면 오라고 했답니다.

할아버지는 할머니에게 한국에 가면 말도 안 통하고 외롭고 고생스럽겠지만 자신을 믿고 같이 가지고 말했답니다. 할머니는 말이 통하고 가족들이 있는 대만으로 가는 게 더 좋았겠지만, 그동안 할아버지의 조국을 사랑하는 열정과 정신을 보시고 또한, 항상 할아버지가 말씀하셨던 "나라가 없으면 자신도 없다"는 말씀에 존경과 감동을 하여 한마디 반대도 하지 않았다고 합니다. 그리고 남편이 사랑하는 조국을 자기의 조국으로 생각하며 할아버지만 믿고 한국으로 왔다고 합니다. 할아버지도 훌륭하시지만 할머니께서도 내조를 잘하셔서 할아버지가 늘 마음 편하게 바깥일을 잘한 거라고 생각합니다. 두 분 모두 상대방의 나라를 사랑하고 존중했으며 두 나라를 모두 자신들의 나라로 생각했기에 타국 생활을 견디지 않으셨을까 생각됩니다. 우리가 바쁜 생활 속에 잊어버렸던 훌륭한 분들의 나라 사랑과 정신을 이렇게 되새기게 되어 대단히 기쁘게 생각합니다. 감사합니다.

에필로그

    2009년은 대한민국 공군이 60돌을 맞이하는 해이다. 얼마 전 전쟁 당시 공군에 근무했던 이재환(중령 예편) 선생을 만났다. 83세의 고령임에도 기꺼이 나를 만나 주었다. 나는 이재환 선생으로부터 뜻밖에도 최용덕 장군의 이야기를 들을 수 있었다. 이재환 선생은 근무 중에는 장군을 가까이서 뵌 적이 없었다고 했다. 늘 엄하면서도 병사들에게 자상했던 용덕의 말년 모습을 말씀해 주셨다. 그러니까 전쟁도 끝나고, 용덕이 공군에서 퇴역을 하고 대사직 등 사회생활을 모두 마친 1960년대였다. 정확한 날짜를 기억하지 못하지만 1965년이나 1966년 정도 되는 듯하다. 김포 공항에서 공군 복장을 하고 대합실을 지나가던 중 대합실 의자에 어디서 많이 본 사람이 앉아 있더란다. 걸음을 멈추고 가만히 보니 그분은 최용덕 장군이라고 했다. 모자를 벗고 달려가 인사를 했다고 한다.

"아니 참모총장님이 아니십니까?"

머리가 다 빠지고 남은 머리도 하얗게 센 채 초췌한 모습이었다. 그는 공군 장교가 다가오자 반가운 기색을 하며 자리에서 일어났다.

"중령님이 내가 여기 있는 걸 어떻게 알고……."

잠시 이재환 선생은 주저했다.

"김포 기지에 근무합니다. 여기는 웬일이십니까."

"응, 나 자유중국에 있는 딸한테 가려고."

"아, 네. 근력은 어떠십니까."

이재환 선생은 용덕의 앞에 놓인 여행 가방을 보았다. 모서리가 다 해진 무척 낡은 가방이었다.

"뭐 이제 다 늙었지."

"참모총장님의 기백은 아직 눈에 살아 계십니다. 따님은 안녕하신지요."

"응, 내 딸이 자유중국 해군 장교와 결혼했잖아. 아들과 딸 하나씩 낳았지. 손자, 손녀들이 보고 싶어서 말이지."

"당연히 그러시겠죠. 그동안 찾아뵙지 못해 정말 죄송합니다."

"하하, 우리 공군이 발전하는 모습을 듣고 있어. 그거면 되지."

잠시 후에 박제형 장군이 다가왔다.

"장군님, 수속을 다 밟았습니다. 이제 떠날 시간입니다."

"이 사람 아나. 박제형 장군이라고. 육사 7기생이고 국방부 차관을 지낼 때 내 비서관이었네."

이재환 중령은 박 장군에게 인사를 한다.

"안녕하십니까. 이재환 중령입니다. 지나가다가 총장님을 뵙게 되어 이렇게 인사드리고 있는 중입니다."

다시 잠시 담소를 나눈 뒤 세 사람은 작별 인사를 했다.

"늘 건강하시고 오래오래 사셔야 합니다."

"자네를 보니 기분이 좋군. 자네도 건강하게나."

용덕과 박 장군은 비행기를 타기 위해 탑승구로 향했다. 이재환 선생은 그 두 사람의 뒷모습을 바라본다. 이재환 선생이 처음이자 마지막으로 본 용덕의 말년의 모습이었다.

나는 이 이야기를 에필로그에 담을지 말지 고민하다가 이렇게 담는다. 그것은 용덕의 마지막 흔적들을 하나라도 담기 위해서이다. 조금은 초라한 말년의 모습이기도 하다. 하지만 그게 무슨 상관이랴. 평생 조국을 위해 살다간 한 사람의 뒤로, 발전하고 있는 나라의 모습들이 펼쳐진다. 평생을 조국을 위해 살던 사람에게 무슨 아쉬움이 있겠는가. 생색을 낼 이유도 없다. 조국이 무조건 자신을 사랑했던 것처럼, 자신도 무조건 조국을 사랑했다. 그게 다이다. 부귀영화를 바랐던가. 물질적 대가를 바랐던가. 남들이 죽을 때까지 그런 자신을 알아주기를 바랐던가. 용덕에게는 그런 사심이 전혀 없었다. 1960년대만 해도 북한의 도발이 끊이지 않고 있었지만, 자유와 평화의 시대는 이어지고 있었다. 용덕의 아들 같은 후배들이 나라를 굳건히 지키고 있었다. 이제 어깨 위에 놓였던 무거운 짐들을 모두 내려놓고 비록 몸은 늙었지만 평범한 자유인의 모습으로 말년을 살아가는 한 투사를 이재환 선생은 운명처럼 목도했던 것이다.

이재환 선생은 말한다.

"역사는 과거다. 또한 과거는 잊혀지게 되어 있다. 그러나 잊어서는 안 되는 것들이 있다. 우리는 우리가 후세에게 전해야 할 것들은 반드시 전해야 한다. 그게 역사다."

1950년대인가 1960년대에 공군은 『하늘의 개척자, 최용덕』이라는 책을 펴낸 바 있다. 그의 어록들을 모아 담은 소책자이다. 그리고 2007년 공군은 용덕을 '공군 역사 인물'로 정했다. 또한 용덕의 정신을 후세에 전하고자 『항공 독립 운동과 대한민국 공군의 아버지, 창석 최용덕의 생애와 사상』을 펴냈다.

이제 2009년 공군이 창군된 지 60년 만에, 그리고 용덕이 돌아가신 지 40년 만에 손상렬 시인의 출간 의지로 『대한민국 공군의 아버지, 조국의 별 최용덕』이 세상에 나오게 되었다. '위대한 대한민국' 시리즈 제1편이다. 우리는 피로 지킨 자유를, 그리고 자유를 위해 흘린 피를 잊지 않고 이렇게 기록하고 있다. 나라 사랑뿐만 아니라 아름답게 사는 게 정말 어떤 삶일까 생각하며 저자로서 부끄럽게도 부족한 글을 세상에 내놓는다. 많은 청소년들과 부모님들이 일독하기 바란다.

최용덕 약력 및 연보

1898년 9월 19일 서울에서 출생(아버지 경주 최씨 최익환, 어머니 이씨). 호는
　　　　창석(滄石). 그밖에 이름으로 용덕(容德), 용덕(龍德)을 망명 시절 사용
　　　　했다.
1913년 민족사관으로 설립된 봉명중학교(서울에 위치)를 졸업하고 중국에 망명.
1914년 중국 북경 숭실중학교 졸업.
1916년 중국 육군군관학교 졸업, 중국 육군 소대장, 중대장으로 근무.
1919년 삼일운동이 일어나자 중국 군대에서 사직하고 상해, 북경, 봉천, 안동 등
　　　　지에서 선전문과 무기 등을 운반하는 임무를 맡는다. 안동에서 황옥 동지
　　　　를 찾아 권총과 선전문을 전달하려다가 일본 경찰에 체포되어 봉천 헌병
　　　　사령부로 이송되었으나 사령관 진흥(陳興) 장군의 도움으로 풀려났다. 다
　　　　시 안동으로 몰래 들어가 태룡양행에 맡겼던 무기와 선전문을 찾아 국내
　　　　연락 동지에게 전달했다.
1920년 중국 보정비행학교에 입교하여 비행사가 되고, 중국 비행학교 교관으로
　　　　활동.
1922년 중국 수상대 비행대 대장.
1923년 중국 공군 지휘부 참모장 겸 공군 기지 사령관.
1925년 중국 공군기지학교 교장.
1926년 중국 국민정부 항공대 창설 멤버로 참가.
1928년 중국인 호요동 여사와 결혼.
1931년 한국독립당, 한국독립군 간부로 북만주 항일 전투 활약.
1933년 한국독립당과 한국독립군으로 활약하다가 김구의 권유로 이청천 등 군
　　　　간부들과 함께 남경으로 이동.
1938년 중일전쟁이 일어나자 남창 항공 기지 사령관으로 활약.

1938년 딸 최보욱 태어남(현재 71세, 대만 거주).

1940년 중국 육군대학 졸업 후 중국 공군 부참모장 지냄, 한국 임시정부 군무부 항공건설위원회 주임, 광복군 총사령부 총무처장, 참모처장 역임.

1941년 한국독립당 감찰위원으로 활동.

1943년 소련이 헬리콥터를 최초로 개발하자 헬리콥터 조종술을 중국 공군에 전수받기 위해 소련에 파견됨. 소련에서 헬리콥터 조종 훈련을 받다가 추락하여 다리가 부러지는 중상을 입음. 최용덕 장군의 세 번째 추락사고 (김정렬 장군은 헬리콥터 비행 훈련을 받은 것은 1920년대로 보고 있다. 따라서 헬리콥터가 아니라 자이로콥터로 추정되며 이 시기에 부상당한 것으로 보기도 한다).

1943년 8월 19일 대한민국 임시정부 공군설계위원회 조례 공포.

1945년 해방.

1946년 중국에서 귀국.

1946년 항공건설협회 회장, 한국독립당의 중앙상무위원.

1948년 육군 항공대 창설, 소위로 임관. 수색 조선경비대 제1여단 사령부 통위부 직할 항공 부대 창설.

1948년 7월 9일 조선경비대 총사령부 항공기지부대로 변경되었다가 다시 항공기지사령부로 이름 변경.

1948년 조선경비대를 육군으로 개칭하고 항공기지사령부를 육군항공기지사령부로 개칭. 국방부 차관을 지냄.

1949년 육본에 항공국 설치(공군 창군 준비). 대통령령 제254호에 의거 육군항공기지사령부를 대한민국 공군으로 하고 육군으로부터 공군을 독립시킴 (창설).

1950년 공군 준장으로 진급. 공군사관학교 교장. 김포 지구 전투사령부 사령관. 한국전쟁 발발 뒤 공군 후방 사령관과 공군 기지 사령관 및 참모부장.

1951년 작전참모부장.

1952년 공군 소장으로 진급. 공군 기술학교 창설. 한국을 방문한 미 차기 대통령 아이젠하워 원수와 공군 강화 문제에 관해 회담.

1953년 공군 중장 진급. 공군 확장을 위한 군원사용계획서 미국 공군에 제출. 공군 제20특무전대 창설, 제42자동차수리창 창설, 제43신설전대 창설. 임시군사정책위원회 위원. 군 강화 촉진 차 미국 공군참모총장 트와이닝

(Twining) 장군 초청을 받아 도미하여 공군 기지 시찰.

1954년 공군 신장비화를 위해 미국에 장병 다수 파견 및 유학 개시. 미 극동 공군사령관 패트릿지(Partridge) 장군과 공군 증강 문제 토의. 공군 제26특별수사대 창설. 제트 조종 훈련과 제트 정비 교육차 장병을 재일 미 공군 기지에 파견. 제트 부호 통신 교육 실시. 공군참모총장 퇴임.

1955년 참모총장 고문에 임명.

1956년 공군에서 전역.

1957년 미국으로부터 공로훈장 받음.

1960년 4·19 혁명 이후 과도 정부 내각 체신부장관.

1961년 주 중화민국(대만) 대사.

1962년 외교부 고문 보직.

1969년 8월 15일 별세.